Diogenes Taschenbuch 21171

Urs Widmer
Liebesnacht
Erzählung

Diogenes

Die Erstausgabe erschien 1982
im Diogenes Verlag
Umschlagillustration: Fernando Botero,
›Tanzendes Paar‹, 1982

Veröffentlicht als Diogenes Taschenbuch, 1984
Alle Rechte vorbehalten
Copyright © 1982
Diogenes Verlag AG Zürich
www.diogenes.ch
20/14/36/13
ISBN 978 3 257 21171 9

»Ich glaube fest, daß die Freude viel fruchtbarer als das Leiden ist.«
                            Maurice Ravel

Joseph Conrad hat gesagt, jeder Schriftsteller sei so alt wie die Jahre, die seit seinem ersten Buch verstrichen sind. Kann sein, daß er sich dabei nach neuer Jugend sehnte, denn als er mit dem Schreiben anfing, hatte er schon ein halbes Leben hinter sich. Ich jedenfalls wäre nach seiner Zeitrechnung gerade dreizehn Jahre alt. Vielleicht bin ich nun wirklich dabei, die Tür zur tätigen Welt der Erwachsenen aufzustoßen. Vielleicht. Jedenfalls hatte ich in den vergangenen Jahren zuweilen das Gefühl, einen traurigen Mangel an Erfahrungen durch wild Herbeigesehntes ersetzen zu müssen. Ich unternahm Forschungsreisen ins Innere meiner Ängste und kam mit Kamelladungen voll Erfundenem zurück. Wie unter einem Zwang führte, obwohl ich mich oft in einer Großstadt aufhalte, mein Weg zurück in mythische Berge, in denen es keinen Lug und Trug gab, und wenn, dann von mir inszenierten. Heute staune ich, wie sehr meine Mittel und Inhalte – obwohl ich nach Freiheit dürstete und diese wenigstens in meinem Geschriebenen simulieren wollte – eingeengt waren; wie bei einem Maler, der eine volle Palette in der Hand hat und dessen Pinsel dennoch immer nur ins Blau oder Grün taucht. Nicht einmal in der Vergangenheitsform konnte ich schreiben zu Beginn. Jetzt, jetzt, jetzt. Und immer ich; nie er. Jedes Solange oder Obwohl machte mir Mühe. Und das Leben, wo steckte dieses Leben, das irgendwer mir einmal versprochen hatte? Ich rannte ihm hinterdrein, dem Leben anderer, immer jenes kleine bißchen zu schnell, als daß ich mit meinem eigenen, das neben mir herkeuchte, hätte reden können. Dennoch. Ich habe ja auch an Gräbern gestanden und über Babys auf Zukünfte angestoßen; weshalb sollte das bei mir weniger gelten als bei anderen? Ich habe gegrinst und geweint; mich nach einem Streicheln gesehnt und gestreichelt; und auch Siena gesehen, und Seveso; den Flugplatz von Dakar; Südamerika, wo ich nachts auf einer Pritsche stand und nach einer Kerze und Streichhölzern tastete, weil ganz in meiner Nähe eine Klapperschlange klapperte, die, als die Kerze brannte, ein im Wind hin und her schlagender Fensterladen war; eine Katze, die unter ein Auto lief, schrecklicher kann kein Schreien sein; New York, wo von all den vielen Menschen dort nur einer den heftigsten Asthmaanfall meines Lebens wahrnahm; und ich schrieb und schrieb in diesen dreizehn Jahren, weil ich dachte, solange ich schreibe, kann ich nicht sterben; malte aber auch ein Haus an, bekam ein Kind, saß glücklich in der Sonne und unglücklich im Regen und umgekehrt und lernte, wie ein Distelfink aussieht und daß nichts bleibt wie es ist. Ich hatte auch heftige Wüte, in denen ich das Gefängnis meines Daseins verfluchte, fühlte zwei drei Male jene Schreie der Sinne, die das Flüstern des Herzens und des Hirns übertönen, und war zuweilen auch nur schlechter Laune, was das einzige ist, was ich mir übelnehme, denn die schlechte Laune ist der Todfeind der Poesie.

Um dem Leben in einem Land, das mir zuweilen zuwider ist, ein bißchen auszuweichen, fahre ich hie und da in eine Gegend, deren Bewohner nicht jeden Fortschritt mitmachen, nur weil sie dann nicht an die Mördereien von früher denken müssen. Hügel, Weinberge, weite Felder und ein riesenhafter Wald. Die Bauern reißen zwar auch jeden Weißdornbusch aus und schütten jeden Schilfsumpf mit Bauschutt zu; aber geruhsamer. Da sitze ich dann an einem Holztisch in einem Haus, das sehr allein in Raps- und Maisfeldern steht; Fasane gehen, Hasen; Fliegen surren; in den Feldern immer irgendwo ein Traktor, aber noch gehen Bauern mit jenen Säbewegungen, deren Anblick uns inzwischen in heiligem Staunen stehenbleiben läßt; im Winter gefriert alles zu einem starren Graubraun; einmal sah ich an einem Morgen dreizehn Wildschweine in einem irren Tempo über den Acker vor dem Haus rasen, auf den Wald zu, und im kleinen Brehm las ich dann, daß Herden bis zu neun Stück schon gesehen worden seien. Zuweilen ist der Himmel gewaltig, voller Wolkengebäude; und eher selten sieht man einen grünen Hügelzug am einen Horizont und einen blauen am andern; in den Nächten Sternenmassen, aus denen Schnuppen sausen.

Wie sehne ich mich nach Geschichten, die von einer Zukunft sprechen; von einer Gegenwart wenigstens; ich ertrage nicht, nicht mehr, daß mir das, was ich erzähle, zu Eis gerinnt. Diese Endzeit. War wirklich in der Renaissance schon angelegt, daß Raketen auf uns zielen, weil in den Wäldern, in denen unsere Väter Pilze suchten, Raketen verborgen sind? Wenn ich mit meinem Auto jene steile Autobahnrampe hinabrase, die einen von den schwäbischen Höhen ins Rheintal hinabbringt, dann denke ich zuweilen tatsächlich an Hölderlin – neben mir donnernde Zehntonner –, wie er aus ebendiesen Wäldern trat und unter sich diese Ebene sah, die zu seiner Zeit *so* anders auch nicht ausgesehen haben kann. Zu Fuß gingen sie alle vom

Nordkap bis nach Rom. Bücher voll von dem, was sie erlebten. Nie liest man eine Klage über den Weg.

Die Amerikaner, sagt man mir, zweifeln nie an einer Zukunft. Der definitivste Aussteiger dort freut sich aufs Übermorgen. Vielleicht, wenn alle anderen Kulturen verschwunden sein werden im Schwarz der Geschichte, wenn die Amerikaner die ältesten sind – das Kapitol der Höhepunkt alter Kunst –, dann packt auch die Amerikaner die Angst. Um sie herum nur Pinguine, immer mehr, und immer aggressivere.

An einem Abend saß ich in meinem Haus und sah über die Felder, hinter denen die Sonne am Untergehen war. Das ist etwas, was ich ebenso gern wie unaufmerksam verfolge: ich sitze am Tisch und gucke oder auch nicht, neben mir steht ein Glas Bier, und die Sonne gleitet schräg über den fernen Wald, über die leuchtende Silhouette eines Dorfs, aus dem ein Kirchturm und der hohe Kamin einer Ziegelei aufragen, und dann taucht sie in die Äste der Apfelbäume im Garten und versinkt schließlich im Kirschbaum, hinter einem Weinberg, an den sich eine stets rauchende Müllhalde anschließt. Dann wird alles sehr schnell sehr blau, das Geviert des Fensters ein japanisches Bild, bis ich das Licht anknipse, eine alte Lampe aus meinen Kindertagen, deren Stoffschirm umfällt, wenn man dagegenstößt. Ich trinke das Bier fertig und sehe mich im Raum um – olivbraunes Getäfel, noch ein Holztisch, eine Theke, ein Ofen – und bin froh, daß ich keine Sonne bin, die in ewigem Leuchten um diese Erde herumkreisen muß. Oder hält sie doch, wie immer mehr meinen, hinter dem Horizont inne, krabbelt unter der Erdscheibe hindurch und taucht, wenn es Zeit ist, nach einer geruhsamen Nacht wieder auf?

Auch die Sonnenaufgänge kenne ich. Ich sehe sie seltener als die Untergänge, und oft weniger gern. Oft ist es mein Kind, das sie sehen will; das heißt, es trifft sich einfach so, Sonne und Kind sind gleichzeitig unterwegs. Mit ihnen nach und nach das ganze Haus. Die Morgensonne taucht hinter einem andern Dorf auf, in einem helleren, klareren Licht; alles funkelt naß, und die Felder dunsten. Der Wald steht. Überall aber lärmen Vögel, unglaublich laut und unglaublich schön.

Ich saß also und sah über die Felder und sah ganz fern jemanden gehen, quer durch Mais und Korn, vom Dorf her. Er kam unbeirrbar auf unser Haus zu, eine schwarze, größer werdende Silhouette im verglühenden Licht der Sonne, schnell, aber langsam genug, daß ich mein Bier trinken konnte und noch eins und denken, was ist denn das für einer, ein Bauer ist das nicht; er hält einen Stock in Händen wie in alten Zeiten. Dann sah ich, es war ein Mann, nicht alt nicht jung, winkend jetzt, mit einem Rucksack auf dem Rücken, einem Felleisen vielleicht, wenn ich wüßte, was genau ein Felleisen ist, und einem schwarzen Koffer in der stockfreien Hand. Er winkte nochmals, nun genau vor der tiefen Sonne, die mich blendete. Dann endlich erkannte ich ihn. Egon. Mein Freund Egon kam wieder einmal auf Besuch.

Egon hatte sich, während ich mich langsam zum Nesthocker entwickelte, früh schon fürs Gehen entschieden. Fürs Rennen. Es gibt wenige Orte auf dieser Erde, wo er nicht gewesen ist. Heiße und kalte. Als wir noch zusammen waren, vor unzähligen Jahren in unsrer Heimatstadt, war er der beste Tischfußballspieler unsrer Stammkneipe, und ich weiß, wovon ich spreche, denn ich wäre es selbst gern gewesen. Er ist der einzige, den ich kenne, der sich die Bälle wirklich von Holzmann zu Holzmann zuspielen kann, und er hat ein unfaßbar schnelles Auge für Lücken in der gegnerischen Abwehr. Später, nachdem er mehreren Lehrmeistern in verschiedenen Branchen seine Meinung gesagt hatte, eine für sie ungünstige immer, ging er fort, und Postkarten erreichten mich aus überall. Briefe auch, die er auf immer derselben uralten Schreibmaschine schreibt, das heißt, er haut blind auf die Tasten und hofft auf einen Sinn. Ich wurde Pate von mehreren Kindern in mehreren Kontinenten. Er hängt an allen und verbraucht immer mehr Geld und Kraft, um sie auf immer weiteren Rundreisen zu besuchen. Seine Flugtickets sind inzwischen lange Papierschlangen. Einmal sagte er mir – zuweilen taucht er auch da auf, wo ich wohne, ohne hier ein Kind zu haben –, eigentlich sei es bedauerlich, daß beim Kinderhaben immer irgendwie eine Frau dabei sei. Allerdings kam er einmal mit einer gemeinsamen Freundin namens Betty einen ganzen Tag nicht aus dem Zimmer, in dem mein Autoschlüssel lag, und hatte dann kein Kind mit ihr. Auch trinkt er gern, gern viel, und oft, und oft schnell. Er übt auf mich einen ziemlichen Sog aus. Einmal saßen wir in einem andern Kontinent als unserm – ich hatte meine Trägheit überwunden und ihn mit Teddybären im Gepäck inmitten von Zuckerrohrplantagen aufgesucht – in einer Urwaldkneipe zusammen mit schnauzigen Zuckerrohrschneidern, und als nach einer kurzen Nacht urplötzlich die Sonne am Himmel glühte, gingen wir mit ihnen zur Arbeit mit, weil wir vergessen hatten, wer wir waren.

Egon war inzwischen im Garten angekommen, der nun japanisch blau war, ich war ihm entgegengegangen und hatte ihn umarmt, und nachdem er auf meine Frage, woher er denn komme, auf das Dorf mit der Ziegelei gedeutet hatte – »das sehe ich, ich meine, hinter dem Dorf?« –, gingen wir ins Haus und setzten uns an den Tisch und schenkten uns Wein ein, als täten wir das jeden Abend zusammen, und nach und nach tauchten die anderen Bewohner des Hauses auf, zu den Türen herein, die Treppen herab, aus dem Keller, und setzten sich zu uns.

Wir sprachen und tranken, tranken und sprachen, und irgendwann – draußen war längst eine schwarze Nacht – kamen wir auf die erste Liebe zu sprechen, und auf die letzte, und auf das, was dazwischen liegt, all die Wege, die das Herz geht, in die Irre und doch auf ein Ziel zu. Die anderen Bewohner sagten wenig, aber sie kannten das auch, die Flammen, in die sich der Behütetste zuweilen jubelnd stürzt.

Egon kam gerade aus Südamerika; sein Felleisen, eine Art Golfsack, war das einzige, was ihm von fünf Jahren Argentinien geblieben war; der schwarze Koffer in seiner Hand war wohl doch nur eine Vision von mir gewesen. Hingegangen war er mit Ambitionen im Gastgewerbe – er hatte sich irgendso ein Pampascafé vorgestellt, wo er, selbst sein bester Gast, unter einer Weintraubenpergola Schnäpse ausgeschenkt hätte –, geworden war daraus eine Abfolge unterschiedlicher Jobs; der zweitletzte gehörte zu einem Regierungsauftrag, in den entlegensten Gebieten des Landes Musterfarmen anzulegen. Als sich zeigte, daß es darum ging, Indianer umzubringen, schlug sich Egon in die Büsche und kam nach zwei Tagen zu einer Autobahn, die einsam durch den Urwald führte, und nach einem weiteren Wandertag, der ihn aus dem Dschungel herausbrachte, zu einer Tankstelle inmitten unendlicher Zuckerrohrfelder, wo er als Tankstellenwart blieb und mehrere Monate lang versuchte, aus Benzin Alkohol herzustellen. Er hatte damals auch eine Kuh und ein Pferd, auf dem er weite Ritte unternahm; ein Auto kam sowieso nie; und wenn er dann zurückkam, teilte ihm der Indio, mit dem zusammen er die Tankstelle bewirtschaftete, unweigerlich mit, wiederum sei die Kuh an einer geheimnisvollen Seuche eingegangen, und von der Kuh war keine Spur zu finden, allenfalls ein paar abgenagte Knochen.

Natürlich hatte er auch in Argentinien Kinder, zwei, und zwei Frauen. Sie waren Schwestern und die Töchter eines Gemüsehändlers, der seinen Laden gleich neben der Tankstelle hatte und eines Tages beschloß, nie mehr zu arbeiten; ein Grund dafür war, daß in dem Gebiet nur noch, statt wie ehedem alles und jedes, Zuckerrohr angebaut werden durfte, Zuckerrohr und Zuckerrohr. So sahen der Vater und die Brüder und die Cousins, die alle ebenfalls arbeitslos waren, in Egon eine Bereicherung der Familie, war er doch der einzige mit einem Einkommen und einer aus allen Muskeln sprühenden Arbeitslust. Und Egon, der eigentlich nur die zwei Frauen hatte haben wollen, sah sich jeden Abend umlagert von Witze reißenden Männern, die ihn nie um Geld anpumpten, aber erst gingen, wenn er ihnen vorschlug, ein kleines Darlehen anzunehmen. Später dann eskalierte die Geschichte, das heißt, Egon erklärte dem Vater, er denke nicht mehr daran, allen ständig Geld zu geben, er sei doch kein Depp, und der Vater verfluchte ihn und die Töchter, und eine Tochter sprang aus einem Parterrefenster und brach sich ein Bein, und die andere weinte und weinte, und die Kinder waren unglücklich, und so legte Egon, als einmal ein ganzer Militärkonvoi vollgetankt hatte, in einem plötzlichen, ihn selber überraschenden Entschluß das ganze Geld in ein Ticket der Aerolineas Argentinas an, in einen einfachen Flug; er verließ das Haus im Morgengrauen durch das Fenster und hatte am Zoll Angst, verhaftet zu werden wegen Fahnenflucht.

Da war er also. »Wenn ich bei meinem ersten Kuß geahnt hätte, was daraus wird«, murmelte er, »vielleicht hätte ich ihn sofort zurückgenommen. Aber in Wirklichkeit gibt es da kein Zurück mehr. Wer den ersten Schleier hochgehoben hat, will hinter den siebenten blicken. Bald war mir das Pressen der Lippen gegeneinander nicht mehr genug, alles ging unheimlich schnell, und eines Morgens war ich mit allen Wassern gewaschen. Ich kannte die Unterschiede. Langsam stellte sich wieder die Sehnsucht nach dem ein, was ich einst möglichst schnell hinter mir hatte lassen wollen, der Berührung der Hände, die wie zufällig gegeneinanderschlenkern beim Spazieren in einem Park.«

Zuerst hatten wir gelacht, aber dann trank jeder still aus seinem Glas. Nachtfalter surrten um die Lampe, so daß der Schirm leise schwankte. Die Kinder bauten im Salon, der einst – denn unser Haus war eine Gaststätte gewesen – der Saal für die Jahresfeiern der freiwilligen Feuerwehr gewesen war, aus Klötzen eine Vorrichtung, die aus dem Schaukelstuhl einen stabilen machen sollte. Auch sie sagten kaum ein Wort. Der Hund schlief. Aus der dunklen Küche, deren Türe offenstand wie immer, hörte ich eine Maus, die zwischen alten

Zeitungen herumraschelte. Mir gingen Erinnerungen an eine Zeit durch den Kopf, da ich mich auch als ein Reisender gefühlt hatte. Sonne auf der Haut, Möwen am Himmel, und im Gesicht das Gesprüh von Meerwassergischt.

»Was für unsre Kinder Afghanistan ist«, sagte ich endlich, »ich meine, Katmandu, das war für uns die Provence oder, wenns ganz hoch kam, Griechenland. Ich meine die Zeit, wo, wenn in Griechenland ein Schiff unterging, nur Griechen ertranken. Einmal war ich auf so einem Schiff. Es hieß Despina und fuhr zwischen den ägäischen Inseln hin und her. Später wurde es verschrottet oder nach Afrika verkauft, weil ein Dampfer auf der Fahrt nach Hiraklion untergegangen war, er hieß selber Hiraklion, und danach wurden im Rahmen einer umfassenden Untersuchung alle Schiffswände der griechischen Flotte mit Fußtritten auf ihre Seetüchtigkeit überprüft, und bei der Despina brachen die Füße der Prüfer durch wie durch Pauspapier, und da irgendeine radikale Maßnahme der Presse gemeldet werden mußte, wurde dieses Schiff geopfert. Seither sind die Inseln nicht mehr dasselbe.«

Ich schenkte mir neuen Wein ein und überhörte eine Bemerkung Egons, ich solle nicht so alt tun. Er hatte gut reden, er ist ein Jahr jünger als ich und hat eine fabulöse Fähigkeit, alterslos zu sein. Er wird einst, wenn überhaupt, umstürzen wie ein gefällter Baum. Inzwischen sitzt er in T-Shirts, auf denen Kawasaki oder Harvard University oder sowas steht, zwischen Siebzehn- und Achtzigjährigen, wenn sie nur trinken und brüllen. Tagsüber baut er eigenhändig Häuser, wenn er eins braucht, einmal eins ausschließlich aus leeren Flaschen, das dann so sehr in der Hitze glühte, daß er es zum Brotbacken und Kaffeerösten verwenden mußte.

»Ich fuhr auf dieser Despina nach Naxos«, sagte ich. »Sie fuhr gegen Abend los. Ich stand zwischen vielen Griechen an der Reling und schaute nach dem Festland, dem wir dann stundenlang entlangfuhren, einem schmalen weißen Felsband, vor dem das blaue Meer lag. Das heißt, fast alle andern waren schon seekrank, alle Griechen sind sofort seekrank, sie scharen sich auf den Schiffen um den vom Wasser entferntesten Ort, legen sich da auf die Planken, schließen die Augen und verharren so, unter Decken verschwunden, bis zu ihrem Ziel; erst wenn sie wieder die weißen Steine ihrer Erde unter den Füßen haben, verwandeln sie sich in die, die sie waren, lebhafte lachende Menschen.«

»Genau«, sagte Egon, der in Kreta einen halbwüchsigen Sohn hat. »Es gibt so Dinge. Die Bewohner der Kanarischen Inseln zum Beispiel nennen ihre eigenen Vögel Harzer Roller.«

Ich nickte; ich hatte zwar den Zusammenhang nicht verstanden, aber warum nicht. »Später wurde es dunkel«, fuhr ich fort, »und ich stand allein an der Reling; das Meer war heftiger geworden, und Wasser sprühte zu mir hoch. Das Schiff rauschte tief in die Wellen hinein und stieg dann wieder in die Höhe. Die Gischt war auch in der Nacht weiß. Ich stand da, und in mir war ein Gefühl, ich könnte das nun ein Leben lang so tun; in meinem Rücken stöhnten einige ineinander verkrümmte Frauen, und aus einer fernen Luke kam Licht; da war eine Bar, wo man Bier kaufen konnte. Von daher kam zuweilen ein Gelächter.

Plötzlich, ich weiß nicht wie lange ich aufs Meer hinausgeblickt hatte, stand jemand neben mir, jemand, den ich eher spürte als sah; ein etwa zwölfjähriges Mädchen. Es sah wie ich auf das lebhafte Meer hinaus. Nach einer Weile begannen wir miteinander zu reden. Das Mädchen, auf der Heimfahrt von einem Besuch bei Verwandten in Athen, sprach ein unfaßbar schönes, glasklares Französisch, neben dem meine Rachenlaute ziemlich grob klangen. Es sagte, das lerne man in Naxos so, da seien früher französische Nonnen gewesen, und geblieben sei ihre Schule. Es gebrauchte ausgesucht komplizierte Wendungen wie *Quoi qu'il en soit* oder *Veuillez bien me dire* und stand um Mitternacht mit einer Selbstverständlichkeit in der nassen Gischt, als lebe es im Rhythmus des Wassers. Bald vergaß ich, wie jung sie war, denn sie war nicht kindlich, oder auf eine so selbstverständliche Weise, daß ich es nicht mehr wahrnahm; höflich; zutraulich; um mich besorgt. Wir sprachen mit leiser Stimme über alles und jedes, ohne das geringste Zögern, was wir als nächstes sagen könnten.

›Ihr‹, sagte sie und meinte entweder uns Erwachsene oder uns Nordländer oder beide, ›erklärt alles. Wir‹ – entweder *wir* Kinder oder *wir* Griechen – ›erklären nichts. Die Sonne ist die Sonne. Wir haben keine Angst, wenn etwas nicht erklärt ist.‹

Ich sagte, was ich denn machen solle; um keine Angst zu haben, erklärte ich mir eben die Gründe meiner Angst. ›Ja‹, sagte sie. ›Und deine Erklärungen machen dir neue Angst, weil sie nicht stimmen, undsoweiter. Wir‹ – sie lächelte, um Verzeihung bittend – ›freuen uns über *Veränderungen*.‹ Sie sprach manche Wörter kursiv.

Ich erzählte ihr schließlich, ich befürchtete, etwas allzu Heftiges könnte aus mir herausbrechen. Sie nickte und schwieg. Dann war sie auf einmal verschwunden, und als sie wieder zurückkam, gab sie mir ein plätzchengroßes Ding, das ich in den Mund stecken mußte, und ich biß darauf und aß das Süßeste, was ich je gespürt habe, das absolut Süße. Ich war ihm nicht gewachsen und hustete es heimlich in die hohle Hand, und das Mädchen sah mich lächelnd an, froh, mir eine Freude gemacht zu haben.

Später dann legte ich mich auf die Planken – das Mädchen war grußlos weggegangen; war es so vornehm, daß es eine Kabine hatte? – und schlief ein bißchen, nahm undeutlich wahr, daß wir in der Nacht in mehreren Häfen anlegten; einmal wurden an Gurten zappelnde Schafe ausgeladen, die erbärmlich blökten. Einmal mit viel Geschrei ein Auto. Dann fuhren wir wieder, rauschend, und als die Sonne aufging, war ich hellwach und frisch, und ein neues Ufer tauchte ganz fern auf, mein Ziel, und vor mir stand im Sonnenlicht meine Freundin mit einem jungen Mann, den sie mir als ihren Bruder vorstellte und der ein fast so schönes Französisch sprach, allerdings ohne ihre süße Höflichkeit. Er schlug mir vor, in ihrem Hause zu wohnen, zufällig sei ihr Vater nämlich der einzige Gastwirt der Insel, und gerade ein Zimmer sei noch frei, und das sei nun meins, wer auch immer auf diesem Schiffe sich da noch hineindrängen wolle. Ich nahm das Angebot dankbar an.

Tatsächlich gingen wir dann zu dritt über weiße Stufen zwischen weißen Häusern, zuweilen durch Häusertunnels, bis wir, ziemlich oben am Hang, zu dem Hotel kamen, das sich in keiner Weise von den andern Häusern unterschied. Höchstens, es war etwas größer. Es hatte eine geräumige Terrasse, auf der die ganze Wirtsfamilie saß, jeder auf drei Stühlen; auf dem ersten der Hintern, auf dem zweiten ein Fuß und auf der Lehne des dritten ein Arm. Ich begrüßte sie: den Vater, die Mutter, eine Tochter, älter als ihre Schwester, und noch einen jungen Mann, der, wenn ich das richtig verstand, auch irgendeine Funktion in dem Hotelbetrieb hatte. Ich bekam ein Zimmer am äußersten Ende einer langen Zimmerreihe ohne Korridor, so daß ich, wenn ich schlafen gehen wollte, durch drei andere Zimmer mußte: im ersten wohnte ein Ehepaar aus Paris, im zweiten ein Engländer, im dritten eine Italienerin, die immer, wenn ich durch ein Klopfen meinen Durchmarschwunsch angekündigt hatte, die Decke über den Kopf zog, als sei der Kopf im Bett ein intimer Körperteil. Von meinem Fenster aus sah ich über den ganzen Ort, auf den Hafen und das Meer, in dem, nicht weit draußen, eine Segelyacht schaukelte, eine wie aus Joseph Conrads Zeiten, allenfalls etwas kleiner. Wo meine kleine Freundin wohnte, bekam ich nie heraus, überhaupt verschwanden die Wirtsleute nachts in unerklärliche Winkel; vielleicht aufs Dach.«

»Ich habe einmal auf einem Dach geschlafen«, sagte Egon an dieser Stelle, »und in einer Nacht träumte ich, ich sei ein Cowboy und spränge aufs Pferd, und als ich aufwachte, hing ich in einem Aprikosenspalier; ich war im Traum über den Dachrand gesprungen.« Keiner sagte etwas zu dieser Bemerkung, wahrscheinlich hielten die anderen Hausbewohner sie für Jägerlatein; ich wußte, daß Egon solche Dinge erlebte; aber was hatte das mit meiner Geschichte zu tun.

»Ich weiß nicht recht, was ich in Naxos wollte, das heißt, ich weiß es genau«, sagte ich. »Nichts. Damals war mir Gauguin der liebste, nur, ich konnte nicht malen. Ich wollte so sehr keiner aus meiner Heimat mehr sein, daß ich falsche Namen nannte und andere Sprachen sprach als meine. Ich hatte vorher schon an Stränden gesessen, zu den Horizonten hinübergeträumt und in meiner Traurigkeit gebadet. Ich hatte zum Beispiel zwei fahrende Sänger kennengelernt, sie fuhren einen VW, und da ich Mundharmonika spielen kann, durfte ich, wenn ich nicht zu laut wurde, mitbrummeln und mit dem Hut herumgehen. Einmal, in Marseille, gab uns Hammarskjöld 20 Francs. Jetzt, hier in Naxos, wollte ich es nur heiß haben, heiß heiß heiß; ich war irgendwie von den ersten zwanzig Jahren meines Lebens unterkühlt; ich stand jeden Morgen früh auf, klopfte mich durch die Zimmer hindurch – immer hoffte ich vage, das französische Paar als Paar zu überraschen, aber immer lagen sie tief schlafend jeder auf seiner Pritsche – und ging durch die noch kühlen Gassen zum Hafen und dann den Strand entlang, immer weiter und weiter. Saß auf Felskaps über dem schäumenden Meer und träumte. Vögel überall, Fische, die aus dem Wasser sprangen. Irgendwann kam ich wieder zurück. Ich malte nicht, schrieb nicht, komponierte nicht, trotzdem hatte ich ein Gefühl, all das zu tun.

Ravel«, sagte ich, »ist einer, von dessen Leben ich kaum etwas weiß, aber in seinen Sachen ist etwas Sonnensehnsüchtiges, das mich zu Tränen rührt. Feigen, von einem gepflückt, der im Regen aufgewachsen ist und nicht aufhören kann zu staunen, daß es das für andere ganz selbstverständlich gibt: überreife Früchte, auf denen Wespen surren. Gras, das bewässert wird, und das Sonnenlicht bricht sich im Sprühwasser. Nasse rote Blumenkelche. Die Südländer haben keine Ahnung von dieser unfaßbaren Sehnsucht, die uns Nordische packen kann. Sie sehnen sich nach Ludwigshafen, wo es allen so gut geht, daß sie sich nach einer Achtundvierzigstundenwoche einen gebrauchten Mercedes kaufen können.«

Ich schwieg wieder. Ich muß vielleicht anfügen, daß Egon zufällig an einem jener hohen Feiertage – Ostern, Pfingsten oder sowas – aufgetaucht war, an denen alle Menschen in ihren Autos losfahren. An diesen Tagen tun wir keinen Fuß vors Haus. Hie und da stellen wir Südwest drei ein, den wir ganz schwach noch hören, und warten auf eine Meldung von einem Stau, und mit einem befriedigten Aufstöhnen stellen wir das Radio wieder ab. In diesen Nächten kann man lange sprechen; keiner eilt davon, einer Nichtigkeit des Lebens hinterdrein.

»Mit der Zeit ergab es sich, daß mich der Hotelierssohn begleitete. Dann der andre junge Mann auch; und schließlich auch die ältere Schwester. Wir erforschten die halbe Insel. Nur das Mädchen kam nie mehr. Es war wie vom Erdboden verschluckt. Tatsächlich zeigten mir die andern drei einen kleinen Tempel, von dem nur noch eine Säule stand, da sei einst eine junge Frau in einem Spalt verschwunden, der sich plötzlich aufgetan habe. Ich sehnte mich nach einem zweiten Gespräch wie dem auf dem Schiff; aber die Spaziergänge am Strand waren mir auch recht. Wir alberten herum und spritzten uns naß und schwammen zuweilen auch, die Schwester in all ihren Kleidern, die dann an ihr klebten wie die schreiendste Nacktheit. Weit und breit war an den Stränden niemand, nur zuweilen schlenderte der Engländer wortlos vorbei, oder das französische Paar tauchte auf. Sie waren Archäologen oder Hobbyarchäologen und sprachen immer von einst. Die Italienerin war tagsüber nie zu sehen, das heißt, zuweilen saß sie auf der Terrasse des Hotels, in die Lektüre der *Promessi sposi* vertieft. Einmal, auf einem Heimweg, nachdem wir alle blödelnd am Strand gesessen hatten, ich neben der Schwester, schob diese ihre Hand in meine; ich drückte sie und sah sie überrascht an, und sie zog die Hand zurück, und schon waren wir im Städtchen und das Ganze vergessen.

Noch später gewöhnte ich mir an, abends am Hafen vor dem Café zu sitzen, ohne Furcht zwischen den Männern dort, obwohl diese nicht französisch sprachen. Aber *ein* Wort reichte oft für ein sehr langes Gespräch; bei einem jungen Mann mit vielen schwarzen Bartstoppeln war es das Wort *Citroën*, er sagte es zuerst, und ich wiederholte es, und dann in allen Variationen des Fragens und des Bewunderns; alles in allem deutete ich die Unterhaltung so, daß er den Citroën für das tollste aller Autos hielt, oder allenfalls, er habe einmal bei Citroën gearbeitet.

Die Joseph-Conrad-Yacht war inzwischen in den Hafen hereingekommen, lag an seinem äußersten Ende vor Anker und gehörte einer Engländerin, die nie von Bord ging, dennoch aber in Naxos verliebt schien, denn sie war nun schon mehrere Wochen da. Oft veranstaltete sie an Bord so etwas wie Feste, zu denen nach unklaren Kriterien ausgewählte junge Inselbewohner hinausgerudert wurden; ziemlich betrunken und voller Geschichten kamen sie dann wieder zurück und barsten vor Seefahrermären, denen zufolge da draußen ein männerverschlingendes Ungeheuer hauste; dazu aber lachten sie fröhlich, die Überlebenden.

Jeden zweiten Morgen kam die Despina, schon weit draußen tutend, kroch auf den Quai zu wie ein strahlendes Geschenk, erwartet von ungefähr allen Inselbewohnern. Wenn die Despina kam, ruhte jede Arbeit.

In einer Nacht waren wir an einer Hochzeit, das heißt, ich stand etwas abseits im Dunkeln – ich war nicht eingeladen – und sah auf einen erleuchteten Platz, auf dem die Hochzeitsgäste zu einer Musik tanzten, die auf fremdartigen Instrumenten erzeugt wurde; auf einer Art Geige, einer Art Trommel, einer Art Mandoline. Musik wie aus einem verschollenen Orient. Dazu tanzten die Männer und Frauen ganz anders, als ich das bisher gesehen hatte, nicht das bekannte Hand-in-Hand mit dem Taschentuch, und auch keine Bravourtänze mit Tischen zwischen den Zähnen. Sie tanzten fast ohne Bewegungen, als glühten sie innen. Unter den Tanzenden sah ich meine kleine Freundin. Sie tanzte wie die andern, in sich versunken und doch für alle aufmerksam. Jeder Muskel war beteiligt. Ich starrte sie an. Dann war plötzlich der Tanz fertig, und sie kam auf mich zu, setzte sich neben mich und sagte, sie habe mich gesehen, meine Augen.

›Meine Augen?‹ sagte ich.

›Deine Augen. Sie würden am liebsten die ganze Insel und uns damit in dein Hirn hinaufsaugen.‹ Sie lachte. ›Ja. Uns geht es gut. Das Elend des wirklichen Elends ist hinter uns, und das Elend des Zuviel hat uns noch nicht erreicht. Wenn ich groß bin und du ein Vater, sitzen hier die Badenden Backe an Backe; mein Bruder wird der Wirt seines Hotels sein und reich. Aber nur ich weiß, daß wir gerade heute unsere schönste Zeit haben; die andern genießen sie nicht; sie sehnen sich nach einer besseren Zukunft.‹

Sie rannte davon – ich dachte sekundenschnell, auf die warte ich, die heirate ich –, und ich verlor sie aus den Augen, auch weil ihr Bruder kam, der von der Schiffseignerin eingeladen worden war und mich fragte, ob ich mitkomme, er könne kein Englisch, und natürlich ging ich mit.

Wir wurden von schweigenden Matrosen zum Schiff gerudert, auch wir schweigend, denn auf dem dunklen Wasser des Hafens hatten wir plötzlich so etwas wie beinah Angst. Diese verging, als wir beim Schiff waren und über der Reling laute witzereißende Köpfe auftauchten, Griechenfreunde meines Freunds. Wir kletterten, auch schon redend, an einer Strickleiter hinauf und standen auf den Planken des Decks, auf dem die Freunde lagerten und eine Frau, alle Whisky trinkend. Die Frau war die Britin, eine wuchtige Person, nicht jung nicht alt, die uns ständig volle Gläser hinschob, die wir tranken. Sie redete englisch, die Griechen griechisch, und ich französisch. Englisch hatte ich in der Schule gelernt, aber irgendeine Scheu riet mir, nicht zuzugeben, daß ich die Frau verstand.«

»Englisch haben wir beim selben Lehrer gelernt«, sagte Egon. »Er haßte uns und sich und fand die Worte nicht, uns das einfach und klar zu sagen.«

Ich lachte. »Genau. Einmal traf ich ihn auf einer Skiabfahrt; da saß er unter einer Tanne und sah irgendwie arm aus; ich hielt und wechselte ein paar Worte mit ihm; er war zwar wortkarg, wünschte mir aber eine gute Fahrt. Später hörte ich, daß er sich das Bein gebrochen hatte.«

»Wow«, sagte Egon. Gleichzeitig stürzten die Bauklötze der Kinder um, die nun auch nicht mehr leise waren. Der Schaukelstuhl schaukelte ganz allein, und der Hund war hochgeschreckt aus seinen Träumen.

»Um die Geschichte fertig zu machen«, sagte ich lauter. »Ich weiß nicht genau, wie das Fest weiterging. Ich fand es jedenfalls an Bord dieses verzauberten Schiffs immer herrlicher. Fern blinkten die Lichter des Hafens, und von ganz weither kam die Hochzeitsmusik herübergeweht. Mitten in der Nacht zwitscherten Vögel. Wir tanzten auf dem Deck herum und hangelten uns durch die Takelage, und irgendwie geschah es dann, daß ich am nächsten Morgen neben der Schiffseignerin aufwachte, in einer Kajüte aus Mahagoniholz. Die Schiffseignerin war auch nackt sehr wuchtig, und ich hatte großes Kopfweh, und nach einem wortlosen Frühstück, während dem mich die Schifferin mit großen innigen Augen ansah, wurde ich von einem Matrosen in den Hafen gerudert, wo gerade die Despina einlief, so daß die Teilnehmer der Party, die an der Mole herumstanden, mich übersahen. Ich schlich die Stufen zum Hotel hinauf, ging ohne zu klopfen durch die Räume – nur die Italienerin war noch im Bett und starrte mich wie ein Gespenst an – und legte mich hin und schlief, bis mich eine hochstehende Sonne weckte.

Ich blieb dann noch wenige Tage in Naxos, holte in gedrängtester Form nach, was es an Sehenswürdigkeiten zu besuchen galt; fuhr also mit einem uralten Bus quer über die Insel in ein Fischerdorf, in dessen Nähe ein Steinriese im Gras lag, auf dessen Gesicht ich eine Weile hockte und aufs Meer sah; besuchte auf einem Esel reitend ein Tal voller Schmetterlinge, an dessen Ende ein Kloster stand; stieg an einem Abend einen Serpentinenweg bis zu einer weißen Kapelle hinauf, von der aus ich ein paar Nachbarinseln sehen konnte, ein Meer wie glattes Öl; badete nochmals mit der Bewußtheit des Abschieds; saß auch wartend auf der Terrasse. Aber meine kleine Freundin kam nie mehr zum Vorschein, auch als ich schließlich, früh an einem Morgen, allen die Hand gab, dem Vater, der Mutter, der älteren Schwester, dem jungen Angestellten und der Italienerin, die gerade mit einem Schmetterlingsnetz unter dem Arm aus ihrem Zimmer kam. Sie wurde rot und lächelte und drückte meine Hand mit großer Kraft. Irgendwie wollte ich dem Bruder noch sagen, er solle seine Schwester grüßen, tat es aber nicht. Während die Despina schon tutete, rannte ich die Stufen zur

Stadt hinab, zum Hafen und über die Planken an Bord; sofort fuhren wir los, ziemlich nahe an der Yacht der Engländerin vorbei, die an der Reling stand und bewegungslos einem Boot nachsah, in dem einer ruderte und ein anderer hockte, ein Mann mit einem weißen Hemd und einem Strohhut auf dem Kopf. Ich fuhr nach Athen zurück und von dort mit einem Flugzeug der Globe Air zurück in den Norden, wo uns der Pilot, als wir ausstiegen, faustgroße Löcher im Bug der Maschine zeigte, Treffer von riesigen Hagelkörnern während des Flugs.«

Ich schwieg und trank mein Glas leer. Die andern räusperten sich, tranken und streckten die Beine. Die Kinder waren wieder still – jetzt kramten sie in der Truhe herum –, und der Hund saß aufrecht da und sah zwischen ihnen und uns hin und her.

»Ein paar Wochen später«, sagte ich, »bekam ich einen Brief von der älteren Schwester – der, die mir die Hand gedrückt hatte –, in dem stand, daß sie ewig auf mich warten werde nach dem, was zwischen uns gewesen sei; sie sei meine Braut und ich ihr Bräutigam; immer werde sie für mich leben.«

»Und was hast du ihr geantwortet?« sagte Egon.

»Nichts.«

Unser Haus ist eine ehemalige Bahnhofswirtschaft; allerdings ist der Bahnhof, der einen Steinwurf weit im Raps steht, inzwischen eine Ruine, aus der Brombeeren wuchern, die Geleise sind verschwunden, und vom Dorf, dem dieser Bahnhalt galt, ist – wie damals schon – gar nichts zu sehen. Damals wurden die Bahnlinien weit an den Dörfern vorbeigebaut, und die Bewohner gingen lange Wege, um die in Getreidefeldern haltenden Züge zu erreichen. Als die Bahn gebaut wurde, waren das hier alles wichtige Dörfer, die jemand erreichen und verlassen wollte. Heute werden jene Bauern, die nur noch abends mit dem Traktor über die Felder rasen, weil sie tagsüber in einer Fabrik arbeiten, mit Firmenbussen eingesammelt. Auch wir haben ein Auto.

Inzwischen hatte uns alle ein heftiger Hunger gepackt, und die Frauen holten Käse und Brot aus der Küche. Wir aßen und sprachen mit vollem Mund weiter, über dies und das, über Käse vor allem. Egon, der als einziger schwieg, verschlang in kürzester Zeit einen ganzen Munster, und ich begann zu ahnen, daß er am Verhungern gewesen war und seit dem Plastic-Essen der Aerolineas Argentinas nichts mehr gekriegt hatte; er ist nicht scheu; nur, wenn er trinkt und redet, vergißt er die Stimme seines Magens.

»Ich bin in den Steppen aufgewachsen, die heute Polen heißen«, sagte plötzlich der älteste von uns Hausbewohnern zu Egon, ein etwa sechzigjähriger Versicherungskaufmann, der mit Versicherungen nichts mehr zu tun haben will. »Im Sommer war es glühend heiß und im Winter so kalt, daß uns die Finger in den Handschuhen abfroren, und dann weinten wir, und die Väter hauten uns, weil deutsche Kinder damals nicht weinten.«

Egon hob den Kopf und sah unsern Freund mit großen Augen an. Dieser hat merkwürdig graue Büschelhaare, die überall aus ihm herauswuchern, aus den Ohren und aus dem Nacken. Er trug an dem Abend ein kragenloses Drillichhemd und eine unförmige unfarbige Hose, ich aber habe ihn noch gekannt, als er in Flanellanzügen ging und magenkrank war. Da arbeitete er im Frankfurter Filialbetrieb der Hanauer Assekuranz und war, wenn man eine Berufskarriere mit einer Bergbesteigung vergleichen will und seine Firma mit dem Matterhorn, etwa bei der Hörnlihütte angekommen. Eines Morgens, wirklich wie eine Erleuchtung, dachte er, daß die Menschen nicht menschlicher werden, wenn man sie gegen alles und jedes absichert, und verließ das Versicherungsgebäude. Ausgelöst wurde dieses Licht, das den Text von immer wieder in die dunkelsten Ecken des Herzens gedrängten Gedanken so plötzlich erhellte wie jene biblische Sinaisonne die Gesetzestafeln Mose, durch einen Schadensantrag, in dem ein Mann Geld wollte, weil er in seiner Jugend Abitur gemacht habe und nun, im Alter, unwissend sei. Unser Freund steht jetzt meistens im Gemüsegarten und gräbt sich die Wut über dreißig Versicherungsjahre aus dem Bauch. Er ist unverheiratet und hat in der Tat manche Marotten eines Hagestolzes; Lärm tut ihm weh, und wenn die Pfeife am falschen Ort liegt. Die Frage, die sich jedem Mann einmal stellt – soll er jemanden lieben, und wen –, hat er in grauer Vorzeit zugunsten seines Hunds entschieden. Ihm ist er mit einer Heftigkeit zugetan, die ahnen läßt, was ihm bei den Menschen gefehlt hat.

»Da war so ein Ruinengrundstück«, sagte er, »Trümmer aus der Zarenzeit noch, sozusagen, voller Ginsterbüsche und schwarzer Winkel. Da traf ich mich immer mit einem Mädchen, das mir sehr sympathisch war, obwohl es einen schlechten Ruf hatte – andere nannten es das Volksloch –, wir lagen in den Ginstern, und um uns surrten die Mücken, es war heiß und herrlich, und nie kam jemand in diesen verwunschenen Garten, so daß wir immer kühner wurden, nackt in Hörweite einer begangenen Straße lagen, aber dann brach das Mädchen den Verkehr mit mir ab, es weinte und gestand mir beim Abschied, daß es ihr zu viel werde, ich machte ihr Angst.« Egon lächelte, immer noch mit vollem Mund, und wir andern, auch die Frauen, sahen unsern Freund mit einer Aufwallung von Zärtlichkeit an. So eine Geschichte hatten wir nicht von ihm erwartet. »Ich muß noch anfügen«, sagte er dann, »daß ich einen Zwillingsbruder habe. Damals habe ich mir keine Gedanken darüber gemacht, der Schmerz der verlorenen Liebe marterte mich zu sehr, aber heute schon. Tatsächlich hatte sie nämlich zuweilen Erinnerungen an mich, die in meinem Kopf nicht vorkamen.«

Egon schluckte und sagte, ja, das könne er sich gut vorstellen, er sei ein Einzelkind, ihn habe jeder Abschied fast getötet. Und immer wieder sei es soweit. Er wisse nicht, wie das gehe, aber plötzlich finde er sich wieder auf einem Bett sitzend, wie vereist, und ihm gegenüber eine tränenstarre Frau, weit weg jetzt und gehaßt beinah, und schreckliche Wörter kämen aus seinem Mund und aus ihrem, es sei, als würden Fremde aus ihnen sprechen. Und es sei dann wirklich das Ende. In der Erinnerung übersonnten sich diese Frauen dann wieder, manchmal – es sei ihm peinlich, das jetzt so zu sagen, aber andrerseits sei es so – stelle er all die Frauen in Gedanken nebeneinander, eine schwesterliche Freundinnenkette, alle hätten ihn immer noch lieb und sich gegenseitig, dieses Spiel kenne er in einer bekleideten und einer nackten Variante. Das Leben mit Frauen sei eine Hölle, und das Leben ohne auch. Was solle er machen? Der letzte Abschied sei auch übel gewesen, das Wegschleichen durch die Bananenstauden; aber noch schlimmer sei es, wenn eine Frau weggehe, und er hatte gedacht, sie liebten sich innig. Ach Gott. Obwohl es sehr verschiedene Frauen gebe, laufe seine Geschichte immer ähnlich, wohl weil *er* immer derselbe sei. Wie mache man es, aus seiner Haut zu fahren.

»Ich habe meinem Bruder immer alles gesagt«, murmelte der Sechzigjährige.

In der Stille, die nun eintrat, waren die Kinder plötzlich sehr gut zu hören. Sie saßen alle in den Schaukelstuhl gequetscht und trieben diesen mit Körperbewegungen an, die so ungleichzeitig waren, daß der Stuhl bocksteif stehen blieb. Zu meiner Zeit, dachte ich – alt! alt! –, kriegten die Kinder, wenn ein Besuch da war, einen Grießpudding mit Sirup drauf, und dann ab in die Heia. Ferne, ganz fern hörten wir das donnernde Lachen der Großen; was mußten das für Geheimnisse sein, die so ein Röhren auslösten! Heute bringen reisende Staatsmänner ihre Kinder zu den Banketten mit, und die Außenminister warten mit verbissenem Lächeln, bis die kleine Tochter des Gasts ihre Geschichte fertig erzählt hat, wie eine kleine Maus eine andre kleine Maus trifft, und was sie dann sagt.

»Ich habe einmal in einer alten, im Sonnenlicht gebadeten Stadt in Südfrankreich gelebt«, sagte ich nach einer Weile. »Platanen überall; alte Paläste mit schweren Mauern; ringsum Reben und ganz nahe das Meer, dazwischen Lagunen voller Salz und Flamingos; Strände mit vielen Leuten; und eine Hitze, die das Gefühl heftigsten Lebens vermittelte. Ich wohnte in einer stillgelegten Mühle etwas außerhalb der Stadt und hatte eine Vespa, deren Scheinwerfer mir am Tag meiner Ankunft gestohlen worden war. Einfach abmontiert. Seither mußte ich, wenn ich nachts heimfuhr, am Straßenrand ein Auto abwarten, in dessen Licht ich mich dann wie von einem Lotsen nach Hause ziehen ließ. Einmal, ich weiß noch, erkannte ich erst nach mehreren Kilometern Fahrt im Auto vor mir die Silhouette der Käppis von vier Polizisten, und ich stieg vor Schreck so heftig auf die Bremse, daß ich in einem Graben landete.« Wie eine zu undeutlichen Fotos vergilbte Zeit wieder ganz ge-

genwärtig sein kann! Das Gefühl der Sonne auf der Haut! Damals war ich braun! Das Flirren der Schatten der Platanenblätter auf den Trottoirs, die Luft ganz frühmorgens, und sogar die Tankstellen sahen fröhlich aus! »Ich hätte die Universität besuchen sollen, betrat sie aber nur ein einziges Mal und wurde von dem bösen Grau, das ich in dem hellen Himmelslicht nicht für möglich gehalten hätte, gleich wieder in die Flucht geschlagen. Statt dessen saß ich am Fenster meiner Mühle und schrieb ein Drama, in dem ein Eifersüchtiger nicht merkte, daß er der Gegenstand der Leidenschaft eben der Frau war, die er verdächtigte. Ich fuhr mit der Vespa in den Reben herum, durch all die Dörfer, die alle einen staubigen Platz haben, über den, wenn man ankommt, stets ein Hund trottet. Das Meer. Ich lernte auch einen Maler aus Stuttgart kennen, der nie deutsch sprach, ein Haus am Rand eines Weilers bewohnte und entsetzliche Bilder malte. Aber wie er lebte, das faszinierte mich. Das heißt, einmal trat ich in den kühlen Raum, in dem er malte, und er hatte eine große Leinwand vor sich und darauf den Akt einer Frau, und das Bild lebte so ungeheuerlich, daß ich sprachlos war. Ich sagte es ihm. Er lächelte, ich glaube, er freute sich wirklich, und am nächsten Tag hatte er den Akt fertiggemalt, jede Kontur des Körpers mit einer schwarzen Linie nachgezogen, und das Bild war tot wie alle zuvor. Aber es war schön, vor seinem Haus zu sitzen, die Grillen zirpten zu Millionen, lauer Wind, Frösche in der Ferne, und am Himmel Sterne von Orient zu Okzident. Sein Klo war die Landschaft. Baden tat er wohl nicht. Immer wieder machte er gewaltige Einladungen, einmal eine mit einem Ungarn, der ein Gulasch kochte, das Gulasch aller Gulaschs, ganz anders als all das, was ich bisher dafür gehalten hatte. Auf der Heimfahrt saß der Ungar dann auf meinem Soziussitz, und nachdem er sich an meine Technik des Ausnützens fremder Scheinwerfer gewöhnt hatte, streichelte er mich von oben bis unten, und als er unten war, hielt ich an und ließ ihn, nach einem kurzen sehr erregten Disput, mitten in einem Rebberg stehen und fuhr weiter, im Licht eines halben Monds. Der Maler hatte ein Modell, seine Freundin, eine gnomige Frau, die immer schwieg und sich einmal die Pulsadern aufschnitt und dann am gleichen Abend schon wieder bei uns saß, als sei nichts gewesen. Wenn er sie malte, streckte er ihren Körper so sehr in die Länge, daß ich nicht begriff, wieso sie sich überhaupt auf ihren Sockel stellen mußte, in schwierige Posen verrenkt, eine Rose hinterm Ohr. Sowieso schien er *seine* Vision der Frau zu malen; oder war sein Ungenügen *so* groß, daß, bei aller Anstrengung, genau zu sein, stets etwas ganz anderes herauskam?

Bei dem Maler hatte ich den Ruf eines Don Juan, weil er mich einmal im Gespräch mit einer sehr hübschen Frau gesehen hatte. (Diese war die Freundin eines Freunds und hatte mich gefragt, ob ich diesen gesehen hätte.) Seither machte ich bei ihm zuweilen Bemerkungen, die nicht logen und dennoch eine reiche Erfahrung ahnen ließen. Obwohl ich immer allein kam, zwinkerte mich der Maler als seinen Komplizen in Frauenfragen an, und nie dementierte ich das.

Dann lernte ich wirklich eine Frau kennen. Sie war neunzehn und sprach mit der Abgebrühtheit einer weitaus Älteren, vielleicht, weil sie Hebamme war und aus Casablanca. Ein Opfer des Endes des Kolonialismus. Ich weiß nicht mehr, wie ich sie kennenlernte; ich erinnere mich an den ersten Abend zu zweit, wo wir in einem dunklen Park saßen, einem Statuengarten eher, aus dessen Büschen und Bäumen die Pathétique von Tschaikowsky dröhnte. Das hatte die Stadt für ihre Einwohner so eingerichtet. Wir saßen auf einer Steinbank und sprachen und sprachen, ich glaube, ich hätte die ganze Nacht hindurch weitergeplappert, diesen fremdartigen hektischen Blödsinn, zu dem ein frisch Verliebter fähig ist, wenn nicht meine neue Freundin plötzlich gesagt hätte, komm, gehn wir nach Hause, und wir gingen durch enge Gassen bis zu einem schwarzen gewaltigen Gebäude, dessen winklige Treppen wir bis unters Dach hinaufstiegen. Ich hätte nie gedacht, daß es so einfach sei. Ich muß anfügen, daß es das erste Mal war. Wie auf Flügeln ging ich im Morgengrauen zur Vespa, die mich in die Mühle flog, wo ich aufs Bett krachte und schlief wie ein Stein. Es folgte eine herrliche Zeit, die, wenn ich sie heute rekonstruiere, etwa eine Woche lang gedauert haben muß. Wir fuhren auf der Vespa über Sträßchen und Wege, meine Freundin um mich geklammert, und ihre Hände waren, während ich meine Leidenschaft in den Fahrtwind hinausschrie, überall und nirgendwo. Wir fuhren zum Meer und stürzten uns ins Wasser, einmal auch nackt mitten in der Nacht (und das kam vielleicht sogar ihr kühn vor); lagen in den Mulden von Dünen und machten uns über einen strandbekannten Voyeur lustig, der stets unter allerlei rührenden Vorwänden in den Dünen unterwegs war. Trafen uns in altmodischen Cafés mit ihren Freundinnen, die alle Hebammen waren und fast ausschließlich vom Wunder der Geburt und dem, was dazu führt, sprachen; ich glaube nicht, daß ein Klassentreffen emeritierter Gynäko-

logieprofessoren wissendere Witze erzählen kann
als diese Gruppe braver Frauen. Ich kam mir wie
ein plötzlich Eingeweihter vor. Seltsamerweise war
ich der einzige Mann zwischen ihnen. Die Freunde
der Freundinnen entzogen sich wohl längst diesem
Klima des Einverständnisses. Aber mir gefiel das.
Ich konnte ein Gesicht machen, als sei mir kein
Geheimnis fremd. Ich, der sich ein paar Tage früher
noch gewundert hatte, daß es gemischte Chöre
gibt ohne daß ihre Mitglieder falsch singen vor
Schreck.

Eine Woche lang schliefen wir zusammen, und ihr
gefiel es und mir. Der Rausch dieser Idylle wurde
auch dadurch nicht gestört, daß gleich am ersten
Wochenende ihr Verlobter auftauchte, der seinen
Militärdienst irgendwo in der Gegend von Orange
abdiente und von dem sie mir nichts gesagt hatte,
erst ein paar Minuten vor seiner Ankunft. Ich
nahm das hin wie einen Witz, dessen Pointe noch
viel besser ist als nach den ersten Worten des Erzählers
vermutet. Als ich am Montag früh wieder
bei ihr auftauchte, rührten mich die zwei Kaffeetassen
auf dem Tisch, und unser Rausch ging weiter.
Plötzlich kannte ich ganz viele Leute. Wir
gingen zu Festen in Gärten und auf Dachterrassen
und aßen gegrillte Fische in bretterbudenartigen
Restaurants, die irgendwo im Schilf standen, da

wo der Boden nicht recht weiß, ob er flüssig oder fest sein soll. Dann, urplötzlich, war alles aus. Sie war nun eklig und hatte ein Schmollkinn wie eine Concierge, und wenn ich sie fragte Warum, sagte sie Darum; dazu machte sie ein Gesicht, das eine Ohrfeige kriegen will, und eines Abends kriegte sie wirklich eine, und es war wie im Kino – im Kino von damals –, wir stürzten ein letztes Mal ineinander und heulten aus Lust *und* aus Haß.

Nachher machte sie ihre Tür nicht mehr auf, wenn ich klopfte; ich preßte mein Ohr dagegen und hörte gar nichts, aber in meinem Gehirn drin sah ich quälendste Szenen, sie besinnungslos hingegeben in jemanden verschlungen, der einen nie gesehenen Wahnsinn in ihr auslöste, aber wer war das? Nun wurde *ich* eklig und stellte ihr in den Cafés nach, wo sie mit ihren Freundinnen saß und lachte, und ich konnte mir denken, worüber, und stänkerte sie an und ließ ihr einmal die Luft aus ihrem Solex, bis mich eine ihrer Freundinnen beiseite nahm und mir in mütterlichem Ton sagte, ich sei ein Arschloch, was ich denn erwarte, es sei doch alles bestens gewesen, und jetzt möge ich mich davonmachen wie eine Schwalbe. Dazu lächelte sie mich ohne jeden Groll an. Ich ging eine Woche lang jeden Morgen in die Berge, das heißt, ich stand mit der Sonne auf und kletterte jene weißen

Felsen hinauf, in denen die Vipern herumkriechen. Leuchtend stand ich dann hoch oben im Morgenrot und sah über das ferne tiefe Meer. Die Häuser der Stadt ganz klein. Autostraßen, auf denen Autos fuhren wie Spielzeuge. Einmal brüllte ich wie ein Stier ins All hinaus. Dann rannte ich über die glühenden Steine abwärts, durch Dorngebüsche und Lavendel bis in die Ebene, wo ich keuchend an einem Wegrand liegenblieb. Ich schwamm stundenlang im Meer; nie mehr nachts. Dann hielt ich die Millionen Schrecken nicht mehr aus, die mich jeden Tag überfielen, weil ich vermeinte, sie um irgendeine Straßenecke biegen zu sehen, und fuhr mit meiner Vespa weg, durch die Camargue bis nach Marseille, wo ich in einen schwarzen Dinah-Panhard hineinfuhr, langsam wie in Zeitlupe und doch schnell genug, mich mit schmerzenden Knien auf dem Pflaster wiederzufinden. Das erste, was ich von dort aus sah, war ein Glas Schnaps, das mir eine behaarte Hand entgegenhielt, die dem Wirt eines Cafés an jener Straßenecke gehörte. Erst dann entstieg dem Dinah-Panhard ein etwa achtzigjähriger Mann, der sich zu mir herabbeugte und murmelte, mein Mißgeschick sei ihm sehr unangenehm, in hohem Maße unangenehm, ob ich ihn denn nicht gesehen hätte, er sei nicht schneller als zwanzig gefahren? Und wie ich ihn gesehen hatte! *Weil* er nicht schneller als zwanzig fuhr, füllte er während Stunden die ganze Kreuzung wie ein Cinemascopefilm! Wir wechselten einige weitere bedauernde Worte, ich inzwischen auf dem Rinnstein sitzend, und der Greis fuhr weiter, wieder mit zwanzig; ich humpelte ins Café und ließ, als ich nach einer Stunde wieder gehen konnte, meine Vespa liegen, weil ich ziemlich betrunken war und weil sich das Vorderrad unter die Fußrasten verkrochen hatte, und fuhr per Anhalter weiter.

Ich blieb einige Tage in einem Städtchen an der ligurischen Küste kurz vor Genua, weil ich einen Mann an der Bar eines Campingplatzes vertreten konnte, und geriet an einem Abend ins Gespräch mit einer Landsmännin, die dort mit ihrer Schwester zeltete und am nächsten Abend in unsere Heimat zurückfahren wollte, und probeweise verliebte ich mich ein bißchen in sie; ich fuhr mit den beiden mit; die Fahrt wurde sehr lustig, das heißt, die beiden Schwestern stritten sich über alles und jedes, ich aber kam mit beiden gut aus und hatte, während wir zwischen mondblauen Platanen dahinfuhren, eine immer bessere Laune. Wir kamen die ganze Nacht hindurch aus dem Lachen nicht heraus. Keine Sekunde mehr dachte ich an die Tragik meiner Verlassenheit. Auf dem San-Bernardino-

Paß war der Nebel so dicht, daß die Schwester, die gerade steuerte, den Kopf durch das offene Seitenfenster stecken mußte, um die Straße zu sehen. Da draußen in den Wolken klang ihr Lachen seltsam dumpf. Im Morgengrauen kamen wir in einem Städtchen voller Fischschuppenhäuser an und gingen erschöpft ins Bett, ich zwischen den beiden, und während ich einschlief, spürte ich zu beiden Seiten die zärtliche Wärme der Schläferinnen, und als wir aufwachten, lachten wir wieder.«

»Kenn ich«, sagte Egon. »Ich habe oft zwischen meinen Frauen in Argentinien schlafen wollen.« Er lachte auch, aber es klang, wie wenn man auf eine Handharmonika tritt. »Die ältere wußte nicht, daß ich auch mit der jüngeren. Es war schon ziemlich, wie soll ich das jetzt sagen, ich weiß nicht, warum ich immer wieder sowas anfange. Mir bringt es keinen Frieden, und den andern auch nicht.«

»Genau«, sagte ich, als Egon eine Sekunde lang innehielt mit Sprechen und Luft holte. »Ich blieb dann den Rest des Tags bei den Schwestern; meine Verliebtheit war einer stillen Zufriedenheit über so viel heitere Harmonie gewichen. Auch zu Hause keiften sich die Schwestern an und überschütteten mich mit Freundlichkeit. Abends setzte ich mich in einen Zug und fuhr durch sanfte Hügel bis in die

Stadt, in der ich geboren bin, und du auch« – Egon grinste – »und ging in die Kneipe, in der ich immer sitze, wenn ich in meiner Heimat bin, und nahm wieder teil an dem täglichen Spiel, den andern ihre Flügel zu stutzen.«

Wir hatten die Bahnhofsgaststätte von zwei uralten Wirtsleuten gekauft, die sie bis zuletzt in trotziger Auflehnung gegen das Schicksal betrieben hatten. Die Gäste waren mit ihnen zusammen gealtert. Jeden Abend machte sich ein immer kleinerer, immer gebrechlicherer Zug alter Männer aus dem Dorf auf, zum ehemaligen Bahnhof hinunterzuwandern, jenen Weg, den sie in ihrer Jugend voller Kraft, die Welt zu erobern, gegangen waren. Dann tranken sie Weißwein, spielten Karten oder diskutierten die Statuten des Sparvereins, zu dem sie sich alle organisiert hatten, und machten einen Umsatz, von dem niemand begriff, wie er die Wirtsleute vor dem Verhungern bewahren konnte; ich glaube, diese aßen die Reste der Gäste; und das Dach war voller Tauben, und im Garten gingen Hühner und Hasen, und überall völlig ungepflegte Obstbäume, die dennoch barsten vor Früchten.

Das Haus hatte zu Ende des Krieges im Zentrum einer umkämpften Panzerschlacht gestanden.

Eigentlich waren die deutschen Eroberer schon über den Rhein zurückgeströmt – dahin, woher sie gekommen waren –, und die ersten amerikanischen Jeeps fuhren in unserm Raps herum, aber aus irgendeinem Grund machte ein ganzer Panzerverband rechtsum kehrt und rasselte wieder Richtung Atlantik, als sei nichts gewesen. Vor unserm Haus trafen sie auf amerikanische Tanks. Im Keller saß der Wirt mit seiner Frau und schoß mit einem Karabiner aus dem ersten Weltkrieg durch eine Luke auf alles, was sich bewegte, auf alles Deutsche. Zu seinem Glück war sein Einfluß auf das Kriegsglück beider Parteien so gering, daß ihn niemand bemerkte, und dann verschwanden die Deutschen endgültig und auf alle Ewigkeit in den Wäldern am Horizont. Sie dröhnten noch eine Weile in der Ferne herum, und dann war es still, ganz still, und langsam regten sich die Hasen und Vögel und begannen wieder zu hoppeln und zu pfeifen wie vor dem Krieg. Der Wirt und die Wirtin taumelten auf die Straße und luden die Amerikaner, die schweißüberströmt aus ihren Tankluken kletterten, in die Wirtschaft ein. So jedenfalls hatten sie uns das erzählt.

»Ich habe auch einmal einen Soldaten gekannt«, sagte eine der beiden Frauen, die unser Haus bewohnen, zu Egon. »Ich war damals in Paris, und er kam aus dem Senegal.« Seit immer, wenn Egon und ich zusammen sind, wenden sich alle Frauen, auch wenn ich das große Wort führe, ganz automatisch Egon zu. Ich weiß nicht, warum. Sie tun es auch, wenn *er* das große Wort führt. Er hat etwas, was sie veranlaßt, ohne Scham zu erzählen, was sie anderen verschweigen. »Ich war ihm sprachlos verfallen.« Egon lächelte und sah sie an. »Ich meine«, sagte sie, »ich konnte damals noch kaum französisch, und er gar nicht deutsch. Er hatte mich zu einem Glas Wein eingeladen, und nach dem ersten Schluck hätte ich, hätte er die leiseste Bewegung gemacht, getan, was immer er wollte. Eigentlich war ich zu der Zeit mit einem andern verlobt; aber ich schlich mich immer zu dem Soldaten in ein Hotel in einer winkligen Gasse. Mein Verlobter schlich mir nach und suchte nach Signalen meiner Treulosigkeit, und einmal stand er so plötzlich in unserm Zimmer, daß der Soldat nur noch sein Gewehr zwischen unsre unschuldigen Körper legen konnte, und wir stellten uns schlafend, und überzeugt von unsrer Keuschheit stahl sich mein Verlobter beschämt davon. Das sei in seiner Heimat ein alter Trick, sagte der Soldat mir dann. Denn in Wirklichkeit, obwohl tiefschwarz und ganz weiß, verflossen wir so sehr ineinander, daß das Weiße überall im Schwarzen drin war und umgekehrt. In mir schrie Afrika, und er spürte das Alter unsres Kontinents. Ich erzähle Ihnen das alles« – Egon nickte ernst – »weil er mich einmal fragte, ob ich ihn in seine Heimat begleiten wolle, auf immer und ewig, und ich schrie ja ja ja, ich will, ich wills, ich will es, und wir schliefen ein, und mitten in der Nacht schrak ich hoch und zog mich an und ging auf Zehenspitzen davon. Er atmete leise und ahnungslos. Ich habe ihn vergessen. Ich heiratete den Verlobten und trennte mich wieder von ihm. Auch ich habe Umwege gemacht.«

Jetzt ist diese Frau mit einem Mann zusammen, der einer der Hausbewohner ist. Unser Freund. Er begleitete die Geschichte mit einem Lächeln voller Zustimmung. Kannte er sie? Die andere Frau im Haus ist meine; ach, seitdem jemand den Possessivpronomina die Maske vom Gesicht gerissen hat, sage ich nur noch, wenn ich einfach so daherrede, *meine* Frau, obwohl ich denke, daß es schön ist, wenn eine Frau zuläßt, daß man so etwas von ihr sagt. Ich träume zuweilen davon, daß wir beide steinalt auf einer Bank vor einem Haus sitzen, vor diesem hier vielleicht, in wortlosem Glück, weil die Teufel der fleischlichen Begierde und die Dämonen des Ehrgeizes uns längst vergessen haben. Als ich das meiner Frau einmal gestand, lächelte sie und sagte, ist das nicht ein bißchen langweilig?

Jedenfalls, die andere Frau, die jetzt Egon mit einer seltsamen Innigkeit ansah, hat ihre Kindheit hoch oben auf der Zugspitze zugebracht, wo ihr Vater Wetterwart war. Im Sommer rannte sie den Murmeltieren nach und lernte pfeifen wie sie, im Winter mußte sie monatelang im Haus bleiben, weil draußen der Schneesturm heulte, durch den sich ihr Vater zweimal täglich zu seinen Instrumenten durchkämpfte. Er las sie ab und telefonierte die Werte ins Tal hinab, immer pünktlich zur immerselben Sekunde. Beim Essen mußte sie ein Buch unter den Achseln halten, wegen der korrekten Haltung, und wenn sie ein häßliches Wort sagte, kriegte sie eins auf die Finger. Aber von wem konnte sie das häßliche Wort überhaupt gelernt haben? Als sie sechzehn war, ging sie ins Tal und arbeitete in einem botanischen Garten. Sie interessierte sich für künstlich angelegte Amazonasse und Tiere, die nur in der Gluthitze gedeihen. Ihr Vater – von einer Mutter habe ich nie gehört – blieb auf seinem Berg und war im Alter erstaunt zu hören, daß zu seinen Lebzeiten ein zweiter Weltkrieg stattgefunden habe. Er konnte sich allerdings erinnern, sich über die seltsamen Grußformeln gewundert zu haben, die sein Gegenüber am Telefon eine Weile lang gebraucht hatte. Ganz zum Schluß seines Lebens fuhr er dann doch mit der Bahn nach unten und besuchte seine Tochter; beide tranken ein Bier in einem Lokal namens Gletschergarten. Sie sahen sich stumm an. Aber als er starb, merkte die Tochter, wie leer die Welt plötzlich war, trotz ihrer Kinder und dem Mann, unserm Freund; sie ging sehr einsam im Garten hin und her und sah nirgendwohin; lange Wochen; plötzlich, an einem Morgen, spürten wir alle, daß sie Abschied genommen hatte und wieder bei uns war. Die Blumen, für die sie im Garten zuständig war, wuchsen wieder.

»Und wie ich Sie verstehe«, sagte Egon, dieser Schleimsack, und sah unsrer Freundin in die Augen. Seine Hände deuteten an, daß sie nach den ihren greifen könnten. Aber er tat es nicht. Er schaute nur mit einem Gesicht, das mit jedem Leben innehielt für einige Augenblicke, und ich dachte, wahrscheinlich durchforscht er sein Hirn nach Spurenelementen eines vergleichbaren Erlebnisses. »Mir ist gerade eine Zeit in den Sinn gekommen«, sagte er aber dann zu der Frau und berührte nun wirklich den Hauch einer Sekunde lang mit einem Finger ihren Handrücken. »Da war ich mit einer Frau zusammen, die unendlich lieb aussah und der doch alles, was sie tat, zum Unglück, und was sie sagte, zum Vorwurf geriet.« Das war noch in unsrer Heimatstadt gewesen, auf die Egons Formulierung auch passen würde. Wenigstens war das damals so. Ich wohnte im Haus meiner Eltern – kurz nach meiner Rückkehr aus Südfrankreich –, und eine innere Stimme befahl mir jeden Abend Gaststätten aufzusuchen. Mein Vater, vor allem mein Vater, beobachtete diese allabendliche geheimnisvolle Flucht mit traurigen Augen. Zuweilen sagte er sehr leise, ob wir nicht, zum Beispiel, sagen wir, ob wir nicht jassen könnten, aber der Dämon in mir sagte Nein, und so war ich, sogar als er starb, in der Gastwirtschaft. Egon, der seine Probleme seit eh und je mit Handkantenschlägen löst, wohnte zu der Zeit in einem schmalen Gebäude aus dem dreizehnten Jahrhundert, an einem kleinen Platz, der eher wie ein unaufgeräumter Hinterhof aussah – abgestellte Marktwagen, Mülleimer –, inmitten anderer Häuser aus derselben Zeit, die damals noch keine zurechtsanierten Juwele waren mit Geranien vor den Fenstern und bewohnt von gutgelaunten dynamischen Menschen, sondern farblose Bauwerke voller alter Frauen mit Schürzen und Schuster und Straßenbahnschaffner, die heute, da derselbe Platz strahlt wie auf einem Kalenderblatt, verschwunden sind. Egon, der eine Zweizimmerwohnung ohne Bad hatte, die man über eine steile Außentreppe erreichte, hatte von seinem Vormieter ein Schwein geerbt, das in einem Kasten in der Küche wohnte. Er arbeitete in einem biologischen Forschungsinstitut, in dem der Chef für seine Versuche Enten brauchte, denen Egon zu den unmöglichsten Nachtzeiten irgend etwas injizieren mußte. Zuweilen gab es bei ihm Festessen, stets einen *Canard à l'orange*, den Egon, betrunken in seiner Küche hantierend, stets nach dem gleichen Rezept briet und der immer ganz anders schmeckte. Es waren sehr ausgelassene Feste, und nach einem fuhr ich mit einer Frau in deren Auto an einen ruhigen Ort, wir waren so aufgeregt, daß uns keiner ruhig genug vorkam, und so waren wir schließlich weit im Jura in einer strahlenden Morgensonne. Egon heiratete dann diese Frau – das war das Ende des Schweins – und verschwand bald darauf nach Aden, wo er eine Weile lang im Auftrag der Standard Oil nach Öl suchte.

»Ich heiratete eine Frau«, sagte Egon jetzt, »deren Vater ein Granitfels war. Das hätte mich warnen sollen. Böse, böse. Ist es nicht erstaunlich, wie viele Menschen ein Böses in sich tragen? Es sitzt da drin, als hätten sie ein Teufelchen verschluckt, ihnen selbst fremd; kaum reden sie mit jemandem, einem Kind zum Beispiel, quälen sie. Jener Vater leitete als Hobby ein Museum für Fingerabdrücke; er hatte die Fingerabdrücke der berühmtesten Männer, einen Napoleons zum Beispiel in einem Rest Siegellack. Napoleon muß sich ziemlich die Finger verbrannt haben. Hitler, Bismarck – ein Wunder, daß der Vater nicht behauptete, einen von Dschingis Khan zu haben. Der Fluch, der von ihm ausging, befiel dann allerdings mit voller Macht seinen Sohn, den Bruder meiner Frau, der immer wie ein Regenschirm gegangen war und mit ausgesuchter Höflichkeit gesprochen hatte. Es war entsetzlich, als die Haltestreben brachen. Meine Frau, die Schwester, war anders, still, aber immer mehr fühlte ich, daß sie leer war, leer, wie getötet in frühester Kindheit. Ich war ihrer Gier nach meinem Leben nicht gewachsen.«

Er hatte Tränen in den Augen und wischte sie auf eine Weise weg, die uns sagte, wir sollten so tun, als sähen wir sie nicht. Ich stand auf und öffnete herumfuhrwerkend eine neue Flasche. Die Kinder hatten mit Schnüren und einem Seil eine komplizierte Anlage gebaut, um den Schaukelstuhl aus der Ferne zum Schaukeln bringen zu können, und das kleinste von allen saß krähend darin. Der Versicherungsmann trank jetzt Schnaps, meine Frau hörte lächelnd unsrer Freundin zu, die ihr Ohr zu ihrem – unserem – Freund gebeugt hatte und ihm etwas zuraunte, was ich nicht verstand, offenbar aber meine Frau, denn sie lachte leise mit, als die beiden in ein Gelächter ausbrachen, das so rein war, daß ich einen Augenblick lang wußte, daß die beiden – jetzt, in dem Moment – ohne jede Trübnis miteinander lebten.

»Aber *ich* bin einmal in Paris gewesen«, sagte ich zu unserer Freundin, als das Lachen verklungen war. »Ich hatte in meiner Heimatstadt eine Frau aus Paris kennengelernt, die ein paar Jahre älter als ich war –«

»So alt wie deine Mutter war sie«, sagte Egon.

»– und ich bekam sie durch meine witzige Beharrlichkeit so weit, daß sie mit mir essen ging und ins Kino. Wahrscheinlich war sie auch einsam. Einmal nahm sie mich mit nach Hause, und im Nebenzimmer wohnte eine Frau, die, wenn sie mit ihrem Freund schlief, so unglaublich laut schrie und heulte, daß niemand es taktvoll überhören konnte. Also sprachen wir davon, meine neue Freundin und ich, es stellte sich heraus, daß das so ziemlich jeden Abend so war, und ein Hauch von Neid klang wohl aus ihrer Stimme. Ich aber hörte nichts davon, ich hatte mit *meinem* Neid zu tun. Wenn ich die Frau im Treppenhaus sah, starrte ich sie an wie ein Meerwunder, denn sie war ganz gewöhnlich hübsch, hatte ganz gewöhnlich nette Kleider und ging ohne jede Scham. Ihr Freund war ein blonder großer dürrer Mann, der immer eine Ledertasche mit sich trug. Nie kam ich auf die Idee, mit meiner Freundin zu schlafen, bis auf einmal, wo wir ganz gegen unsere Absichten ineinander versanken; denn sie übersetzte – es war die Zeit des Algerienkriegs – Kampfschriften gegen die französische Gewaltherrschaft ins Deutsche, die dann von irgendwelchen Organisationen an Universitäten oder sonstwo verteilt wurden, und ich half ihr dabei, weil sie nicht sehr gut Deutsch konnte; nachher waren wir erstaunt aber nicht beschämt, uns nackt auf ihrer Couch zu finden; von da an sprach sie ganz offen über die Erfahrungen, die sie mit der Liebe gemacht hatte, und es zeigte sich, daß sie eigentlich einen andern liebte, um dessentwillen sie aus Paris gekommen war, aber dieser wollte sie nicht mehr. Sie deutete einmal an – mir war, als schliefe *ich* mit diesem Ungeheuer –, daß jener ein Berserker der Leidenschaft gewesen sei und sie mit einer Glut erfüllt habe, die sie nun nie mehr in ihrem Leben spüren werde. Wir sprachen von da an so oft über die intimsten Dinge, daß wir sie nicht mehr taten, und irgendwie fehlten sie mir gar nicht. Ich kann es heute nicht verstehen. Geradezu jahrelang ging ich weiter mit ihr ins Kino und half ihr bei ihren Kampfartikeln. Säue, die im Auftrag ihrer gepflegten Herren aus dem Land der Bonmots Menschen abschlachteten. Einmal spazierten wir in einem großen Wald und küßten uns wohl auch und fanden dann die Vespa nicht mehr – eine neue, genauer, eine neue alte – und mußten per Anhalter nach Hause. Geschlagene drei Tage lang suchte ich das ganze Waldgebiet nach dieser verdammten Vespa ab, bis ich sie in genau dem Gebüsch fand, in das ich sie gelegt hatte. Dann fuhr meine Freundin nach Paris zurück, nicht grußlos, aber doch ohne ein sichtbares Bedauern, mich zu verlieren. Nun, da sie weg war, loderte eine Leidenschaft in mir auf, die mich schier wahnsinnig machte. Ich dachte ununterbrochen an wilde Liebesräusche. Ich schrieb ihr Briefe und bekam keine Antworten. Dann brach ich auch nach Paris auf, auch von dem Zufall beflügelt, daß es mir gelungen war, eine Stelle für deutsche Konversation an einem Lycée in einem Vorort zu ergattern, da wo die ganz Reichen wohnen. Da fuhr ich jeden Tag hin – eine Stunde Métro – und setzte mich den Blicken von Jungen und Mädchen aus, denen die Sicherheit vorgezeichneter Karrieren aus den Augen leuchtete. Söhne von Generälen und Töchter von Großindustriellen. Es war die Zeit der OAS, und das Leuchten bedeutete wohl auch, daß bald *sie* das Sagen haben würden in dieser verrotteten Demokratie.

Oft ging ich spät in der Nacht über nasse Kopfsteinpflaster nach Hause – ich fürchtete mein Zimmer –, und in jedem Hauseingang stand ein bewegungsloser Polizist mit einer Maschinenpistole. Meine Schritte hallten, ich ging in der Straßenmitte, und nie hielt mich einer von diesen schwarzen Männern an. Aber ich spürte ihre Blicke und sah die Finger an den Abzügen. Stets krachte es irgendwo, und die Schule war oft zugeriegelt, wenn ich ankam, weil Spezialeinheiten der Polizei alle Räume nach Bomben absuchten. Die Kinder standen feixend im Hof. Ich stellte, wegen mangelndem Interesse, einen Kurs nach dem andern ein und brachte es schließlich so weit, für den gleichen Lohn nur noch einmal pro Woche in den reichen Vorort fahren zu müssen. Mein Hotel hieß *Hôtel de France,* aber wohnen taten darin Algerier, Marokkaner und Perser. Oft stand ich in meinem Zimmer, einem kleinen Raum mit einer Blumentapete, und kämpfte mit mir, ob ich eines der sieben Valium, die ich noch hatte, essen sollte oder nicht. Ich war so von Einsamkeitsängsten geschüttelt, daß ich gern zum Zahnarzt ging. Immer regnete und stürmte es in dieser entsetzlichen Stadt, immer ging ich schräg vorgebeugt mit zusammengekniffenen Augen, vom Wind gepeitscht. Eigentlich erinnere ich mich nur an einen einzigen Sonnentag. Da war das Begräbnis eines jungen Manns, der von der OAS erschossen worden war, und buchstäblich mehrere Millionen Menschen gingen hin. Ich nicht. Meine Straße war völlig leer. Sogar die Hunde erwiesen dem Toten die letzte Ehre.«

Ich schwieg und lächelte meine Frau an, die die Geschichte kannte und so doch auch wieder nicht, denn manchmal erzählt man Geheimnisse gerade wenn alle zuhören. In Büchern zum Beispiel. Kafka schrie seine Wahrheit brüllend aus sich heraus und fürchtete dann bis zum Wahnsinn, jemand könnte ihn verstehen. Ich sah Egon an, der die Anfänge meiner Romanze miterlebt und mir damals prophezeit hatte, ich würde in die dunkelste Episode meines Lebens hineinschlittern: er saß völlig behaglich da und las die Etikette des Weins, den wir tranken. In dem Kontinent, in dem ich ihn besucht hatte, schien es nur zwei Weinmarken zu geben, die beide Château Irgendwas hießen. Ich war oft mit Egon und einem völlig stummen Mathematiker von Kneipe zu Kneipe gezogen; immer der Château oder Bier oder Zuckerrohrschnaps; an dem Mathematiker war einzig faszinierend, daß einer, der eine Universitätslaufbahn hinter sich gebracht hatte, so blöd sein konnte. Er konnte, wenn nicht just *das* die falsche Metapher wäre, zwei und zwei nicht zusammenzählen. Er saß einfach da und glotzte innigvergnügt vor sich hin und ließ in einem stetigen Rinnsal das Bier in sich hineinlaufen, aber das gehört nun wirklich nicht hierher.

»Es gehört zwar nicht hierher«, sagte Egon, von der Weinetikette aufsehend, zu unserer Freundin, die inzwischen mit meiner Frau ein tuschelndes Gespräch begonnen hatte. »Aber ist es nicht schrecklich, daß man Kinder ein Kinderleben lang auf Armen tragen kann, und *einmal* läßt man sie fallen, und als Erwachsene erinnern sie sich nur daran und erzählen ihren Freunden, was ihre Eltern für Scheusale gewesen sind?« Niemand sagte etwas, auch unsre Freundin nicht, sie nickte nur, hob ihr Glas und prostete Egon zu. Beide tranken. So sagte ich nach einer Weile: »Endlich auch suchte ich jene Frau auf, der ich nachgereist war, und ging zu der Adresse, die sie mir genannt hatte, und klingelte an allen Türen, weil auf keiner ihr Name stand. Greisinnen, die ihre mit Ketten gesicherten Türen wieder zuschlugen. Eine Tür nur stand gleich sperrangelweit offen, eine seltsame alterslose Frau stand darin in einem großblumigen Morgenmantel und strahlte mich an. Hinter ihr krächzte ein Papagei oder ihre Mutter – beide lernte ich gleich darauf kennen, denn die Frau zwitscherte, aber gewiß, sie wisse Bescheid, und bat mich in den Salon. Da saß ich auf Gestühlen, bei denen mir das Wort Empire einfiel, obwohl ich damals keine präzise Vorstellung von diesem Stil hatte und die Stühle mit Plasticfolien verhüllt waren. Die Frau kicherte, nachdem sie ihre Mutter und den Papagei aus dem Zimmer gescheucht hatte, neinnein, sie irre sich, meine Bekannte sei ihr gänzlich unbekannt, und ob ich eine Tasse Tee wolle. Ich sagte: Ja. Da siehst du, wie einsam ich war.«

Egon fuhr herum wie ertappt. Er hatte nicht aufgepaßt. Ich schüttelte vorwurfsvoll den Kopf und fuhr fort, diesmal mit Egons Augen an meinen Lippen: »Irgendwie blieb ich an ihr kleben. Sie war jederzeit für mich da, ließ alles und jedes für mich sausen, Mutter und Papagei, nur ihren Psychiater nicht; die Treffs mit ihm waren heilig; oft berichtete sie stolz, in wie leuchtenden Farben sie mich bei ihm geschildert habe, und ich versank fast in den Boden vor Scham. Klar, daß ich mich rächte, indem ich jene trat, die das Schicksal an der Tarnadresse meiner Freundin ausgesetzt hatte. Ich erlaubte mir alles. Sie putzte für mich, und ich stand mit gerunzelter Stirn in der Küchennische, bis sie nochmals über den zuvor schon blitzblanken Gaskocher wischte. Sie war eine besinnungslose Anhängerin der Größe Frankreichs und nannte die Algerier Neger. Je kolonialherrlicher ich mich aufführte, desto demütiger wurde sie. Dankbar, daß sie mein Opfer sein durfte.«

Ich schwieg, weil ich keine Lust mehr an meiner Geschichte hatte. Ich hatte beim Anfangen vergessen, auf was sie hinauslaufen würde. Es ist gräßlich zu erkennen, daß in einem drin ein Quäler sitzen kann, der wirklich auch quält, wenn die Umstände es zulassen. Die Nächte mit ihr waren wortlose Wutausbrüche. So ungefähr alles an ihr mißfiel mir. Einmal fuhren wir mit einem Liebespaar – Freunden von mir, die mich überraschend besuchten – für ein Wochenende aufs Land, und da wurde der Kontrast zwischen uns und der ruhigen Innigkeit der beiden Besucher so groß, daß ich zu einem Mord fähig geworden wäre. Ich trank wenig und machte Märsche über mückensummende Felder, und als wir wieder in der Stadt waren, ließ ich sie von der Vespa absteigen und fuhr sofort weiter. Oft stand sie an der Tür und kratzte daran, aber ich öffnete nicht mehr.

»Kurz bevor ich abreiste«, murmelte ich endlich, »traf ich meine verschollene Geliebte. Sie trug eine große Sonnenbrille und kam das Trottoir eines breiten Boulevards heruntergerannt. Wir prallten beinah ineinander. Sofort vergab ich ihr alles. Sie sah anders aus, viel mehr zu Hause. Wir sprachen ausschließlich von der Unabhängigkeit Algeriens, die inzwischen erreicht worden war, und sie stand froh und selbstsicher da. Es hatte sich gelohnt. Ich sagte, ja, mich freue es auch. Ich sei an einem Lycée tätig, wo die Söhne und Töchter der Verlierer seien, gräßliche Scheißkerle und widerwärtige Ziegen. Es stimmte ja auch. Sie lachte. Dann gaben wir uns die Hand, und ich sah sie davongehen, wieder fast rennend, mit vielen Papieren in der Hand. Am gleichen Abend noch verließ ich die Stadt – natürlich regnete es – und geriet in eine Lebensbahn, die eine schönere Strecke befuhr.«

»Siehst du«, sagte Egon. Wir hoben beide die Augen und sahen uns an, und beide hatten wir Tränen, er alte, ich neue. Wir wischten sie uns gleichzeitig weg. Ich gab ihm quer über den Tisch einen Stupserbox, wie die Buben, und dann tranken wir stumm einen großen Schluck, betrachtet von den andern, die auch schon deutlich an die Wand gemalte Menetekel mißachtet hatten.

Als wir die Bahnhofsgaststätte kauften, war sie wie ein Bunker oder ein Munitionsdepot angemalt. Wahrscheinlich hatte der Wirt gehofft, den Krieg ungesehen überleben zu können, und das hatte er ja auch. Vor Kriegsschäden kann man sich heute nicht mehr mit grüner Farbe schützen, aber daran dachten wir nicht, als wir beschlossen, unser Haus kaisergelb anzumalen. Eine diffuse Hommage an ein imaginäres Esterhazytum. Unser Haus ist zweifellos ohne gezeichnete Pläne entstanden und nur zur Hälfte unterkellert, weshalb die andre Hälfte langsam im Erdboden versinkt. Klaffende Spalten haben sich zwischen den gestützten und den schwimmenden Mauerteilen gebildet, die zudem aus den Ziegeln einer Ziegelei erbaut sind, die zumachen mußte, weil ihre Produkte nach einiger Zeit stets zu Staub zerfielen. Auch an den Dachrinnen war der Rost das stabilste. Ein Bröckeln und Zerfallen überall, dem wir seither wie die Matrosen eines großen Schiffs beizukommen versuchen. Wenn wir beim Bug angekommen sind, zeigt das Heck ein neues Leck, undsoweiter.

Sofort nach dem Erwerb unserer Besitzung – bedeutete es etwas, daß der Wirt, nachdem wir uns per Handschlag einig geworden waren, an unsere Tür pinkelte? – ging der Versicherungsmann in den Garten und verschwand in Bergen von Zucchini, Tomaten, Karotten, Peperoni und Broccoli. Auch in der Kräuterzucht wurde er ein As. Meine Frau, wenn sie nicht immer neue Berge leerer Patronenhülsen aus dem Speicher heruntertrug, hielt sich am liebsten in einer im hohen Gras unsichtbaren Rosenplantage auf. Unsre Freundin laugte im Schuppen Möbel ab, bis sie wieder alt waren. Ihr Mann ging sinnend in unserer Arbeitswelt herum und löste die ihm aufgetragenen Probleme – etwa, die Geranientöpfe zu gießen – so lange im Kopf, bis ein anderer die Sache erledigt hatte; dann konnte er nicht immer verstehen, weshalb seine Lösungsvorschläge – mit einem steuerbaren Schlauch vom Schaukelstuhl aus – zuweilen etwas frostig aufgenommen wurden. Ich stürzte mich auf Farbe und Pinsel und hielt mich nur noch auf Leitern auf; ich genoß meine Schwindelfreiheit; von hoch oben, farbverklebt und mit surrenden Wespen um den Kopf, sah ich weit über die Felder bis in die fernen Berge; überhaupt kam mir diese völlig flache Landschaft wie eine in ihren Gegensatz verkehrte Gebirgsgegend vor; hatte ich bisher sehr Schroffes gemocht, so hatte ich da nun ein extrem Ebenes. Pflanzen und Tiere, von denen ich gemeint hatte, sie seien ausgestorben; Sauerampfer und Kartoffelkäfer. Es war herrlich. Ich malte und malte und hörte unter mir die Stimmen der Dorfbewohner, die in immer größeren Scharen wie zufällig ihre Abendspaziergänge an unserm Haus vorbei machten, das gelbe Wunder zu bestaunen.

Inzwischen hatte meine Frau mit Egon ein leises, fast privates Gespräch angefangen. Sie saß ihm gegenüber und beugte sich ein bißchen vor, um ihm näher zu sein. Ihr Gesicht war erhitzt, und Egon hatte ein ganz leise ironisches Lächeln, während er ihr zuhörte. Aus irgendeinem Grund – meine Frau stammt aus einer Gegend, deren Bewohner kaum je sprechen, aber wenn, dann französisch – findet er ihren Akzent komisch. Obwohl um die halbe Welt gereist und vieler Sprachen mächtig, hält er aus demselben irrationalen Grund ein Deutsch, das nicht die Rachenlaute seiner Heimat aufweist, für maniriert. Er ist ein bißchen stur zuweilen. Ich jedenfalls ließ von meiner Denkerei ab, um zu hören, was meine Frau erzählte.

»Das war ein kleines Dorf in einer Mulde zwischen Tannenwäldern« – es konnte nur ihr Kindheitsort sein – »und wenn wir etwas anderes als Brot und Milch einkaufen wollten, mußten wir einen langen Serpentinenweg hinabgehen und über eine Hängebrücke aus Seilen und Holzbrettchen, die oft vom Hochwasser weggeschwemmt war, und dann mußte es bei Brot und Milch bleiben.« Egon lächelte jetzt fast gar nicht mehr ironisch, und ich dachte, sie hat überhaupt keinen Akzent, oder ich rücke aus lauter Liebe all die kleinen Abweichungen vom Sprachgebrauch so automatisch zurecht, daß ich sie nicht mehr höre. »Mein Vater arbeitete in einer Fabrik für feinmechanische Maschinenteile«, fuhr sie fort, »und mußte den Serpentinenweg jeden Tag gehen, viermal, denn ohne darüber nachzudenken, kam er auch über Mittag nach Hause damals. Zum Essen blieb ihm allerdings kaum Zeit. In der Fabrik stellte er Laufachsen und Kugellager her, so kleine, daß er sie nur mit einem vors Auge geschnallten Mikroskop sehen konnte. Die weiteste Arbeitsbewegung, die er ausführte, hatte einen Ausschlag von einem Millimeter. Er erzählte wenig von seiner Arbeit, er war froh, welche zu haben; wir waren acht Kinder, und meine Mutter verteilte ihre Liebe gleichmäßig auf uns. Einmal war die Rede davon, daß er in die Gewerkschaft eintreten könnte – sie war neu gegründet worden –, und er besprach sich mit einem Bruder seiner Religionsgemeinschaft, der ihm davon abriet, weil ihm die Fabrik gehörte. Durch die Bibel war mein Vater einer geworden, der das *Wort* über alles schätzte, und als ich die Schulpflicht hinter mir hatte und auf einem Bauernhof Geld zu verdienen begann – ich war sechzehn –, brachte er mir eines Abends einen Hauslehrer nach Hause, der mir eine Ahnung von den Dingen jenseits der dünnen leuchtenden Wand des Anscheins vermitteln sollte.« Jetzt hörten wir ihr alle zu, und sie sprach auch längst zu uns allen. Sie sah mich einen Augenblick lang ernst an – ich dachte, sie will mir sagen, auch ihr falle es heute seltsamerweise leichter, das Geheime laut zu sagen als leise –, und ich lächelte zurück. Sie hatte die Haare geöffnet – oft bindet sie sie in eine Art Knoten hoch – und trug ein Kleid, das wie ein rostroter Sack an ihr herumschlappt und trotzdem zeigt, daß sie eine schöne Frau ist; sie trug es schon vor fünfzehn Jahren, als wir uns kennenlernten; ein hauchdünner Stoff, der, zu einem Segel verarbeitet, auch in einem Orkan nicht reißen würde. »Der Hauslehrer«, sagte sie, »war auch ein Bruder der Religionsgemeinschaft, *claro*, aber einer, der viele Jahre im Tiefland unten gelebt hatte, am See, wo er Bibliothekar einer Stadtbücherei geworden war. Er war so um die fünfzig und winzig klein. Er kam jeden Abend und unterrichtete mich in den Dingen, die ihm nahestanden. Mit Gott hatten sie wenig zu tun. Ihn interessierten Alexander von Humboldts Reisen, und wir lasen zusammen, wie er einsame Flüsse befuhr und den Chimborazzo bestieg. Auch sprachen wir von Tieren – von Igeln – und von Musik. Seine Lieblingskomponisten waren Mozart und Schubert. Mozart, weil er besser komponierte als sein Vater – der meines Hauslehrers war ein Besserwisser gewesen –, Schubert, weil er komponierte wie ein überirdisches Wesen *und* trank.« (»Ich –« sagte an dieser Stelle unser Freund, der Musiker, machte aber seinen Satz nicht fertig, über und über rot.) »Der Hauslehrer spielte ganz gut Klavier, ich auch, und da es im ganzen Dorf keines gab, saßen wir oft nebeneinander im Versammlungslokal der Religionsgemeinschaft am Harmonium und spielten vierhändig Sonaten in ad hoc zurechtgeschusterten Fassungen.« Sie hielt inne und trank langsam wie jemand, der weiß, daß jetzt niemand eine andere Geschichte anfangen wird. Alle sahen sie an. Auch ein Nachtfalter, der seit langem versuchte, in die Glühlampe hineinzukommen, saß still und schien auf sie hinabzusehen. Sie war ganz ruhig geworden und sah wieder wie sechzehn aus, obwohl sie da Zöpfe getragen hatte.

»Natürlich kam es, wie es kommen mußte. Unsere Knie berührten sich, und die Hände, und mitten in einem schnellen Satz verschlangen wir uns und blieben in einer schrecklich unbequemen Stellung auf den Klavierhockern bis zum Ende der Stunde. Von da an war alles anders. Wir setzten uns nie mehr ans Harmonium. Ich lernte, stumm und unhörbar zu sein. Aber irgendwie waren wir *zu* unhörbar, mein Vater schöpfte Verdacht, und eines Abends stand er so unvermittelt über uns, daß kein schnell hervorgezogenes Schulbuch uns noch schützen konnte. Tobend schleifte er meinen Geliebten an den Haaren aus dem Versammlungslokal, in dem ich zu Eis erstarrt sitzen blieb, und ich hörte beide im Vorraum herumschreien. Ich sah meinen Freund nie wieder. Aber er schrieb mir eines Tags, einen seltsam besonnenen Brief. Ich fror, als ich ihn las. Er lebte nun im französischen Teil des Jura in einer Art Kloster, das von jener Religionsgemeinschaft betrieben wurde und Korbwaren herstellte. Er schrieb, man müsse sich schikken in das, was Gott für einen bereithalte, und so Dinge. Ich schickte mich in nichts, sondern schrieb ihm Briefe von solcher Hitze, daß ich fürchtete, ihr Weg über die Hügel müßte eine einzige Brandspur werden. Mit einer Offenheit, zu der nur ein Kind fähig ist, sagte ich ihm alles. Er antwortete immer philosophischer; tatsächlich beschäftigte ihn nun das Problem, ob er nach Gottes Bild geschaffen sei oder Gott nach seinem; ich warf seine Briefe weg, weil sie mich schmerzten; ich hoffte, er habe mit meinen dasselbe getan.«

Sie lächelte uns an. Die Geschichte war fertig. Der Nachtfalter über ihr hielt noch einen Moment inne, bewegte dann die Flügel und stürzte sich in sein Verderben. Ich dachte daran, wie ich sie kennengelernt hatte, lange Jahre nach dieser Geschichte. Es ist schon ein Rätsel, auf welche Weise das Schicksal einem Mann just *eine* Frau bereithält; und dieser Frau genau *diesen* Mann. Schon damals hatte ich ein Dichter werden wollen und war zu Fuß den Jurahöhen entlanggewandert, tagelang, wie Robert Walser, der nur glücklich war, wenn er so schnell ging, daß das Denken aufhörte. Es war ein so heißer Sommer gewesen, daß er auch jene kargen Höhen warm machte, und ich übernachtete unter Tannen. Dichtete im Kopf eine Liebeserzählung, die ich in Singapur ansiedelte, weil ich glaubte, die Gefühle seien am Äquator heftiger. Während ich Kühe auf grünen Auen sah, phantasierte ich von Geparden, die zwischen Farnen schlichen. Kobras unter den Teetischen schreckerstarrter Kolonialdamen. Ich wollte nach Genf und kam nie dort an. Das ist lange her.

»Von unten sieht der Jura aus«, sagte jetzt Egon, »als wolle er einen erschlagen. Wer in seinem Schatten wohnt, grüß Gott. Selbstmörder oder Linolschnitzer.«

Wie früher schon wechselte Egon das Thema, wenn er sich besonders gut auskannte. Ich wußte von ihm, daß er auch schon in Heuhaufen gesteckt hatte, in die wutblinde Väter und Brüder Stangen stießen; unter einem Stadeltor eine händeringende Frau. Und Egon rannte dann wie ein Hase. *Er* war kein Feinmechaniker. Millimeter waren nicht sein

Maß. Noch heute hat er Zähne, die gleichzeitig nach Ost und West zeigen, und seine Augen rollen so, als könnten die Gefahren von allen Seiten gleichzeitig kommen. Nach seiner Flucht vor der stillen Frau hörte ich monatelang nichts von ihm. Dann erst schrieb er mir, aus Aden eben, ohne Absender, als traue er sogar mir zu, ihn zu verraten. Langsam nur beruhigte ihn der unendliche Sand, und seine Briefe wurden weniger panisch. Er verbrachte gleichmäßige Tage in der Wüste, wo er half, Bohrgestänge in den Boden zu versenken. Einmal explodierte so ein Ding – sie waren fündig geworden –, und Egon mußte, von jenem berühmten Brandlöscher aus den USA mit einem Walkie Talkie gesteuert, zum Brandloch kriechen und Dynamit hineinwerfen. Schnurrbart und Augenbrauen waren weg. Liebeserlebnisse hatte er dort unten keine, einmal nur suchte er ein Bordell auf und wurde von einer schönen Schwarzen aufgefordert, sich zuerst zu waschen, und erst als er nackt und eingeseift in einer Badewanne stand, kam ihm eine Art Verdacht, und tatsächlich waren alle seine Kleider weg und das Geld und der Paß und die Schwarze. In ein Bettuch gehüllt ging er barfuß nach Hause und sah sehr beduinisch aus. Sonst begann er neben dem Bohren mit dem Aufbau eines Handelsunternehmens, er schickte Masken und Elefantenzähne und so Zeug in Kisten nach Marseille, wo sie heute noch stehen, denn er hatte just mich zu seinem Vertriebsleiter für den Raum Europa bestimmt. Ich fuhr auch die 800 Kilometer ans Mittelmeer hinunter – nachdem ich ihm geschrieben hatte, mit dem Unfug ein für alle Male aufzuhören –, scheiterte aber an der unerwartet großen Warenmenge. Ich hätte einen Zehntonner gebraucht und hatte nur einen 2CV. Einen Moment lang spielte auch ich mit dem Gedanken, in ein Bordell zu gehen – ich hatte es noch nie getan –, ging aber dann doch zum Hafen und trank Bier, auf die langsam schaukelnden Maste der Segelschiffe schauend. Am nächsten Morgen fuhr ich auf der N7 zurück. Unterwegs, in einem Restaurant für Fernfahrer, schrieb ich Egon, ich hätte ihm alle Kisten zurückgeschickt, was nicht stimmte, aber genügte, ihn zu einer überstürzten Abreise zu veranlassen. Sowieso hatte er die Nase voll. Er hatte irgend etwas mit einem aus dem Troß des Löschmeisters aus den USA angeleiert und fuhr nach Chicago, wo er sehr bald mit einer schwarzen Jazzsängerin eine Tochter zeugte, ein süßes krauses Kind, das immer tanzt. In Aden müssen ihm auch andere Schrecken in die Glieder gefahren sein. In jenem Land bekommt, wer Alkohol trinkt, eine Hand abgehackt. Es war keine Gegend für Egon.

Ein schreckliches Rumpeln ließ uns hochfahren. Die Kinder hatten ihre ferngesteuerte Schaukel so kräftig angetrieben, daß das kleinste von ihnen, der Passagier, hinausgeschleudert worden war und nun schreiend unter der Couch steckte. Meine Frau stürzte zu ihm hin, hob es hoch und tröstete es. Die andern Kinder standen betreten um das Unglück herum. Auch wir Großen waren erschrocken, trotz dem Trostsatz aller Eltern, daß ein brüllendes Kind ein lebendes sei. Langsam beruhigte es sich, und plötzlich, als habe es einen Kippschalter in sich bedient, plapperte es wieder völlig wohlgelaunt und wollte erneut auf das Katapult. Da saß aber inzwischen der Hund, der viele Jahre mit sich gekämpft hatte, ob er Kinder lieben oder hassen sollte – er ignorierte sie während dieser Zeit –, bis er sich eines Tages für eine bedingungslose Identifikation entschloß. Seitdem folgt er ihnen auf Schritt und Tritt und will alles auch können, Schaukeln und Mikadospielen.

»Eigentlich wollte ich euch jetzt erzählen«, sagte ich, während die Kinder den Hund vom Schaukelstuhl zu locken versuchten, »wie wir uns kennengelernt haben, ich meine, meine Frau und ich. Eine Geschichte, in der ein Blinder mit einem Bolzengewehr in die Luft schießt, und ein Albatros fällt herab. Beziehungsweise, wie Gott, der in dieser Geschichte eine Rolle spielt, mich am Kragen nahm und über Wege und Stege stupste, die ich freiwillig nie gegangen wäre. Aber soeben ist mir aufgefallen, daß niemand inniger liebt als ein Kind. Dieses Gefühl, wenn die kleine Hand sich in die große legt.«

»Drei Sachen auf dieser Welt interessieren mich überhaupt nicht«, sagte sofort ziemlich heftig der Versicherungsmann. »Kindheiten, Schwarzafrika und Opern. Wenn Sie erlauben, werde ich Ihre Reise nach hinten innen ignorieren und Sie weiterhin als den behandeln, als den ich Sie kennengelernt habe.« Ich nickte. Ich hatte nichts anderes erwartet. Er ist einer, der als Erwachsener zur Welt gekommen ist. Wir sagen uns Sie in einer Welt, wo Opfer und Henker sich duzen, eigentlich ohne Absprache, nur so aus Angst vor zu naher Berührung. Einigen wenigen Menschen seines Alters sagt er Du, seinem Zwillingsbruder, ein paar Frauen und seinem Hund.

»Ich habe einen Teil meiner Kindheit in Italien zugebracht«, fuhr ich fort. »In Fiesole, hoch über Florenz. Mein Großvater, der Papa meiner Mutter, war Chemiker bei der staatlichen Weinüberwachung, ein würdiger Herr mit einem Verdibart, der jeden Abend eine Flasche aus einer anderen Produktion austrank und schaute, ob er Kopfweh bekam oder nicht. Wir wohnten da in einer Villa voller Kachelböden und Küchen und Terrassen, von denen aus man hinter Pinien, Reben und ockerfarbigen Häusern die flirrende Stadt sah, aus deren Mitte die Domkuppel wie eine Beule herausragte. Mein Vater hatte meine Mutter auf einer Bildungsfahrt kennengelernt, er war mit dreißig Abiturienten aus dem Norden gekommen und hatte sich so in die keusche Südländerin verliebt, daß seine Schüler allein zurückfahren mußten. Irgendwie, nach einer Hochzeitszeremonie irgendwo, kam auch er im Haus des *nonno* unter, dessen Befehle unzählige schnatternde Tanten und Cousinen durch Keller und Korridore hetzten, unter ihnen, ein verängstigtes Mädchen, meine Mutter, die Augen nur für ihren Vater hatte, dieses Gebirge aus Donnerworten, und ihren Mann nicht anzusehen wagte. Keine Ahnung, wo sie schliefen, wie. Mein Vater jedenfalls wurde in diesem Haus immer kleiner, bis schließlich seine eigene Frau neben ihm aussah wie ein Berg, ihrerseits ein *nonno* geworden. Längst tat er so, als könne er kein Italienisch. Am Ende eines langen düsteren Korridors voller Ahnenbilder gab es eine schwere Eichentür, hinter der *er* saß, das Gesetz, und zuweilen tat sich die Tür auf und das Gesetz wurde sichtbar und sprach etwas, was stets so laut war, daß ich nichts verstand. Im Haus sagte mein Vater kein Wort zu mir, um so mehr aber auf seltenen Spaziergängen, dann konnte er italienisch und ich deutsch, und wir gingen Hand in Hand und kamen uns vor, als täten wir etwas herrlich Verbotenes. Der Großvater hätte das nicht gern gesehen. *Er* war es, den man zu lieben hatte. Nicht nur waren alle Frauen seine, auch die Feigen wuchsen für ihn, die Oleander, und nie hätte es jemand gewagt, sich vor ihm an den Eßtisch zu setzen.

Ohne mir etwas zu sagen, schloß sich mein Vater eines Tags einer Schulklasse aus dem Norden an, die Fiesole besichtigte, und begleitete sie in ihre Heimat zurück. Ich weiß nicht, ob der andere Lehrer an seiner Stelle in Italien blieb; in unserm Haus jedenfalls nicht. In meiner Phantasie wuchs mein kleiner großer Vater wieder. Ich haßte und liebte ihn immer glühender. Meine Mutter versteinerte unter dem Verlust und sagte dennoch kein Wort gegen die Eichentür. Sie kochte – herrliche Risottos, mit Tränen gesalzen – und war stundenlang im Garten, einem abfallenden Gelände, in dem eine Melone, wenn sie einem entglitt, mehrere hundert Meter weit kullerte. Dieses Licht dort, die Totenglocken aus der Tiefe des Tals immer wieder, und ferne Autohupen. Ich kletterte auf Bäumen herum und spielte Fangen in der Kirche und schoß mit Steinschleudern auf Touristen. An einem Sommermorgen, so früh, daß erst unsre Höhen im Morgenrot glühten, die Stadt aber noch in einem blauen Dunst ruhte, rannte ich durch die Rebberge hinab und fuhr mit dem ersten Bus zum Bahnhof, wo ich mich in einem Zug hinter Koffern versteckte und bis zu meiner Vaterstadt fuhr. Natürlich regnete es, als ich ausstieg. Ich hatte noch nicht einmal eine Adresse und wußte nur, daß mein Vater Lehrer war. Also stellte ich mich jeden Tag vor eine andere Schule. Als er nach einer Woche wirklich aus der Schultür trat, machte ich in die Hosen vor Glücksschreck, und mein Vater starrte mich an wie ein Gespenst. Ich war ja auch eins, ein ausgehungertes und umarmungstolles. Ohne meine Unterhosen – die ließ ich auf dem Bubenklo der Schule – gingen wir Hand in Hand eine Kastanienbaumallee entlang, der Regen rauschte, und dann saßen wir patschnaß in einer Konfiserie und tranken heiße Schokolade (einem geheimen Befehl folgend trinke ich das heute noch, wenn ich mich traurig fühle), und mein Vater schimpfte ein bißchen mit mir und dann nicht mehr, und dann gingen wir zum Postamt und telegrafierten, ich sei noch am Leben. Ich wollte seine Hand gar nicht mehr loslassen. Ich sagte ihm alles, alles. Er wohnte in einer Stadtstraße mit grauen Häusern in einer kleinen Wohnung voller Bücher und hatte einen Aufziehgrammophon, auf dem er ununterbrochen Opernarien spielte. *Che gelida manina* und *O wie so trügerisch*. Wir gingen zusammen zu Bett und frühstückten gemeinsam. Er erzählte mir von seinen Büchern, zum Beispiel eine Geschichte von einer Nonne, die so lange nicht auf dem Klo gewesen war, daß, als sie endlich mußte, das ganze Kloster einstürzte, und las mir eine Geschichte vor, die *Wind im Mond* hieß und von der ich nur noch weiß, daß nachts Zweige gegen ein Fenster schlugen; eine Stimmung wohliger Trauer. Wir gingen auch ins Kino und sahen ein Radrennfahrerdrama, und zu einem Fußballspiel, bei dem ich direkt hinter dem Tor saß – ein Privileg der Buben – und den verschwitzten roten Kopf meines Vaters zwischen den Stehplatzzuschauern sah, wenn ich mich nach ihm umwandte. Wir winkten uns. Er schnitzte auch Schiffe, obwohl ich fast schon zu groß dafür war, und ließ sie in einem Bach schwimmen. Wir sprachen und sprachen. Ich glaube, ich habe nie so viel gesprochen wie in jener Woche; Witze und Geständnisse – daß der Süden *schrecklich* sei. Mein Vater hörte immer zu, und manchmal sagte er auch etwas, die Liebe zwischen ihm und meiner Mutter sei anders geworden, als er es erhofft. Doch dann kaufte er zwei Fahrkarten in ebendiesen schrecklichen Süden, und wir fuhren los durch Getreidefelder, hinter denen Hügel brannten. Den Gotthard hinauf saßen wir im Speisewagen und tranken Orangina – das war etwas Neues für mich, daß ein Erwachsener selber Lust auf etwas hatte – und starrten die immer näher rückenden Felswände hinauf. Lawinenverbauungen, über denen Adler kreisten. Später fuhren wir in einer klebrigen Hitze durch unendliche Rebenfelder, und der Zug war so voll, daß ich nicht aufs Klo konnte. Noch später versank jeder in seinen Gedanken. Ich begann mich vor den Blicken meiner Mutter zu fürchten; meinem Vater war vielleicht auch nicht ums Jubeln. Als wir die steile Straße von der Bushaltestelle zum Haus hinaufgingen, wäre wohl jeder von uns umgedreht ohne den andern. Einmal im Haus drin aber ging mein Papa mit festen Schritten direkt zur Eichentür und sprach in klarstem Italienisch so donnernde Sätze durch sie hindurch, daß sie zu und stumm blieb. Meine Mutter wurde weich wie eine Frau und brach in Tränen aus, wir umarmten uns alle und tanzten wie die Blöden durch die Korridore, vorbei an sprachlosen Tanten und Cousinen. Wir weinten die ganze Nacht, und am nächsten Morgen gingen wir zu dritt zum Bahnhof, ich an jeder Hand einen Elter. Hinter uns schnaufte ein alter

Knecht und schob Mamas Koffer auf seinem Wagen. Der *nonno* war die ganze Zeit über nicht aus seinem *studiolo* gekommen. Wir hörten später von einer Cousine, die sich um den gegen uns verhängten Bann nicht kümmerte, er habe in jener Nacht die Arbeit eines ganzen Monats erledigt und sei erst am übernächsten Morgen bartstoppelig und mit roten Augen aufgetaucht. Nie mehr sei er der alte geworden; niemand sei darüber unglücklich gewesen.

Meine Mutter war kein Berg mehr, und jetzt wußte ich, wo meine Eltern schliefen. Der *nonno* war nicht mehr in ihr. Sie konnte sehen, daß es andere Gesetze gab; lachen; sogar begreifen, daß auch er ein Armer war, den zu streicheln einst jemand unterlassen hatte. So lebten wir, und wenn wir nicht gestorben sind, so leben wir heute noch.«

»Und?« sagte Egon. »Seid ihr?«

»Mein Vater«, antwortete ich. »Ich fühle mich heute auch nicht wohl« – Egon streckte mir die Zunge heraus – »und meine Mutter ist eine kühne alte Dame geworden, die den Orient bereist und sich wegduckt, bis sie weiterwandern kann, wenn Aufständische und Regierungstreue auf einander schießen. Sie nimmt immer einen Fotoapparat mit, aber immer sind alle Filme schwarz. Der *nonno* hatte fotografiert. So sind wir auf ihre Erzählungen angewiesen, Berichte aus Tausendundeiner Nacht, in denen meine Mama ganz allein im Sand versunkene Busse ausbuddelt.«

Wir lachten und sprachen eine Weile davon, daß wir unseren Müttern – alle unsre Väter waren gestorben – Postkarten schreiben sollten, mit Grüßen darauf, die erkennen ließen, daß wir die Schmerzen der Älteren ahnten. Noch ein Handumdrehen und wir waren selber soweit. Wir redeten so lange vom Altwerden, bis wir uns wieder beruhigt hatten, und dann tranken wir und sahen zu, wie die Zweige des Kirschbaums gegen das schwarze Fenster schlugen.

Unser Haus besteht nicht nur aus der Gaststätte, sondern aus mehreren ineinandergeschachtelten Gebäudeteilen, und manchmal, wenn ich mich hoffnungslos fühle, male ich mir aus, wie ich wohindurch fliehen würde, wenn irgendwelche Schergen kämen. Aus dem Gastraum in den Keller und durch die Bierfaßluke. Die Leiter hinauf zum Taubenschlag, über das Schuppendach zum Kirschbaum. Durch den Hof in die Scheune und hinten hinaus ins Maisfeld. Ein Gewirr von An- und Nebenbauten, die nach einer Strategie der jeweiligen Notwendigkeit gebaut worden sind: das

Haus mit dem Saal, die Scheune, der Schuppen und ein Trakt, der Scheune und Haus verbindet. Im Hof lag früher der Mist. Heute wachsen da unsre Kräuter, im umgekehrten Verhältnis zu unserm Bedarf: ungeheuer viel Minze, sehr viel Estragon, kaum Basilikum.

Wenn man weit draußen in den Feldern steht, sieht das Haus wie ein gelber Frachtschlepper aus, der einen weißen Kahn, die Scheune, durch ein Maismeer zieht. Der Mais bewegt sich in leisen Wellen im Wind, und manchmal raucht der Schornstein des Schleppers. Sonst ist alles ruhig, obwohl wir auf einem Erdbebengraben leben. Meine Heimatstadt, die am fernen Ende derselben unterirdischen Plattenfalte steht, ist im vierzehnten Jahrhundert in sich zusammengefallen, weil ihre Bewohner gottlos geworden waren und nur noch dem Geld hinterher; heute aber ist jeder überzeugt, daß San Francisco dran ist. Wir haben über der Theke – neben einem Foto von Garcia Marquez und einem gestickten Hasen – eine Darstellung des Brandes dieser Stadt aufgehängt, man sieht, wie die Leute mit hochgereckten Armen fliehen, hinter ihnen ein Flammenmeer, das sogar auf das wirkliche Meer übergreift; brennende Schiffe.

Die Scheune ist leer bis auf einen alten rostenden Wohnwagen, der einem aus dem Dorf gehört, dessen Traum das Reisen ist. Keine Ahnung warum, denn er arbeitet in der Türkei, wo er Röhren schweißt, und taucht oft an den Wochenenden hier auf, sitzt ruhig vor dem Haus wie ein Arbeiter, dessen Fabrik ums Eck herum steht, und geht dann am Montag früh wieder. Auch spricht er nicht anders als die andern Bauern hier, vom Getreide und den Kartoffeln; nie von der Türkei. Der Wohnwagen ist von Schwalben bewohnt, die seit Jahren wiederkommen und mit einer fabulösen Sicherheit durch eine kleine Öffnung über der Tür fliegen. Vor ein paar Jahren, als ein plötzlicher Winter die Vogelwelt überraschte, konnten die Schwalben nicht mehr weg; die aus dem Norden waren schon da, und Hunderte von ihnen wollten in die paar Nestchen hineinkriechen. Ein fast stummes Drängen und Stoßen. Eines Tages waren sie weg, obwohl es nicht wärmer geworden war, und ich vermute, daß sie mit wissendem Mut ein letztes Mal den Weg nach Süden geflogen sind. Sind die, die jetzt die Nester bewohnen, dieselben? Bedeutete das, daß gerade unsere damals den Flug über die Alpen doch noch geschafft hätten?

An die Scheune angebaut ist der Schuppen. In ihm fanden wir besonders viele leere Patronenhülsen. Ein einziger Antwortschuß, und das Bretterbüdchen, das unsern Wirt tarnte, wäre über ihm zusammengestürzt. So aber diente es weiter als Heim der Kaninchen und Hühner, Holz wurde und wird darin gespalten, Fahrräder stehen herum, alte Kisten, Flaschen, Sägen und unzählige Schwellen der verschwundenen Eisenbahn, deren Holz unglaublich hart ist. Auch die Bauern im Dorf haben kaum noch etwas, was lebt. Einige hunderttausend Hühner: sie stinken durch Lüftungsluken an langen Betonbunkern. Ein paar Kühe ohne Glocken. Zwei Pferde, von denen eines dreiunddreißig Jahre alt ist und sein Kreuz fast fröhlich trägt; auf ihm reiten die Kinder, sogar das ganz kleine, denn nie hat dieser gute Gaul eine unbedachte Bewegung gemacht. Kaum noch einer im Dorf erinnert sich an die Tauben. Dabei war dieses Dorf – unser Haus! – ein Brieftaubenzentrum. Zwischen den Kriegen fuhren der Wirt und sein Sparverein mit den Fahrrädern über Berg und Tal. Sie lagerten sich an einem Waldrand, aßen und tranken, und dann ließen sie nach einem genauen Ritual eine Taube nach der andern aus den Körben und sahen mit glühenden Gesichtern zu, wie sie eine kurze Zeit verwirrt im Kreis flogen und plötzlich zielsicher in die Sonne hinein verschwanden. Wenn alle Tauben in der Luft waren, fuhren ihre Herren so schnell sie nur konnten nach Hause, wo sie dennoch stets nach den Tauben ankamen, so daß sie nie wußten, wie schnell genau ihre Tiere waren. Abends in der Gaststätte wurden die Schätzungen jedoch zu immer gewisseren Gewißheiten, und mehr als einmal wurde beschlossen, nunmehr den direkten Vergleich mit den Weltmeistern zu suchen, den Tauben aus Belgien und dem Ruhrgebiet. Dann kam der Krieg. Nach dem Krieg waren der Sparverein und die Tauben älter geworden. Nach dem Verkauf des Hauses holte der ehemalige Wirt wochenlang die Tauben einzeln ab, jeden zweiten Tag eine, bis wir begriffen, er aß sie.

»Eine Sängerin«, sagte da völlig unvermittelt in meine Gedanken hinein der Freund der Freundin, »war meine größte Leidenschaft. Eine Sopranistin.« Alle sahen ihn an. Er sieht nicht wie ein Leidenschaftlicher aus. Aber Einstein erschien manchen auch nicht als ein Kluger. Unser Freund gleicht ein bißchen einer Eule, sitzt am liebsten bedächtig da und scheint in seinem Hirn drin einen geheimen Text zu lesen, von dem er nie spricht. Er ist Musiker oder Musiktheoretiker, denn er spielt zwar sehr gut Flöte und recht gut Geige, ist aber mit beidem so unzufrieden, daß er es nie tut. Er will das Absolute, nie gehörte Klänge, so daß die von ihm produzierten oft gehörten ihn völlig verzweifelt machen. Inzwischen hat sich die ganze Musik in seinen Kopf zurückgezogen und kommt da nur noch in Form von kurzen Brummern heraus, etwa wenn einer von uns unbedacht von Wagner oder Fischer-Dieskau redet. Er schreibt in seinem Kopf drin, glaube ich, eine Theorie der Musik, die mit dem Bisherigen tabula rasa machen wird; jedenfalls hält er Haydn für größer als Mozart und Gesualdo für einen Gipfel, der in unserm Rücken leuchtet wie ein Kilimandscharo, den zu besteigen wir den Atem und das Schuhwerk nicht mehr haben. Seltsamerweise toleriert er mein Mundharmonikagedudel mit einem freundlichen Lächeln. Ich habe ihn aber schon dabei ertappt, wie er in seinem Zimmer stand – die Tür war offen und ich auf dem Weg zum Speicher – und still eine unhörbare Musik dirigierte, ein gewaltiges Orchesterwerk offenbar; von hinten sah er ein bißchen wie sein Todfeind Karajan aus.

In der Familie unsres Freunds durfte keiner einen Ton singen. Ein Instrument lernen schon gar nicht. Der Vater haßte alles was klang und wollte auch unsern Freund zum Schäferhundhalter machen. Unser Freund aber, entgegen jeder Wahrscheinlichkeit, entwickelte angesichts der Schäferhundmäuler um ihn herum immer mehr Zartheit, lernte unter der Bettdecke mit einer Taschenlampe Noten lesen und las dort alle Partituren der Musikgeschichte. Er hat sich so an diese Form des Musikhörens gewöhnt, daß er bis heute, obwohl ers dürfte und könnte, kein Grammophon hat und die Kleine Nachtmusik noch nie gehört. Von unserm Hund sagt er, er sei eine Katze; so kann er ihn auch liebhaben; tatsächlich *ist* dieser Hund ein Mäusefänger und gleicht einem kleinen roten Löwen, so einem, wie sie auf den Säulen von Venedig sitzen, von denen eine im Canal Grande liegt. Unser Freund ist seit Jahren mit unsrer Freundin zusammen, mit einer innigen Selbstverständlichkeit. Er läßt sie als einzige seine Tonwelt ahnen, und wenn er denkt, schützt sie ihn vor uns. Getrennt voneinander erlebe ich sie eigentlich nur, wenn unser Freund auf Schmetterlingsjagd geht; da staffiert er sich mit grünen Knickerbockern und roten Wandersocken aus, setzt sich einen Lodenhut mit einem Pinsel auf und zieht mit einem Netz los durch die Wiesen. Wir sehen ihn dann in der Ferne durchs Grün huschen, innehalten und losstürzen, das Netz schwingend, bis es herniederfährt wie der Donner Jupiters; und oft verschwindet der ganze Freund längelang im Gras. Natürlich hat er schon viele viele Schmetterlinge gefangen, aber, da er auf *Unterschiede* aus ist, doch nur einen einzigen, denn immer und immer wieder zappelt in seinem Netz der gemeine Kohlweißling. Sein geheimer Traum ist, eine noch nicht bekannte Art zu entdecken. Unter den Schriftstellern ist ihm deshalb Vladimir Nabokov der liebste, der in den Rocky Mountains einen Falter fing, der nun nach ihm benannt ist, zudem als Erwachsener erst eine neue Sprache *absolut* zu beherrschen lernte und erst noch ein hohes Alter erreichte, gewiegt in so viel Geld, daß er in einer Suite in einem Luxushotel wohnen konnte, unter dessen Terrassen ein See blinkte. Von uns allen sehnt sich unser Freund am unverstelltesten nach dem Wohlleben. Wahrscheinlich ist er der ehrlichste.

»Sie sang, herrgott, wie sie singen konnte«, murmelte er und verstummte. Noch immer sahen ihn alle erwartungsvoll an. Über das Gesicht unsrer Freundin huschte eine kleine Röte; es ist schwer, keine Eifersucht zu empfinden, wenn einem jemand anderer vorgezogen wird. Sogar die Erinnerung daran tut weh. Wie zäh die alleinigen Minuten verstrichen. Keinen Augenblick lang wollte man daran denken, tolerant und verstehend wollte man sein und tat doch nichts anderes, als sich ununterbrochen vorzustellen, wie er oder sie in den Armen des andern jubilierte. Diese Hilflosigkeit, gegen die kein Kino oder Schnaps oder Buch hilft. Jeder weiß, daß es jedem andern auch schon so ergangen ist, und trotzdem trifft es einen wie der Schlag einer Urzeitkeule. Bei manchen bricht dann tatsächlich alles auseinander, und das Leben nimmt mit einem jähen Ruck eine neue Richtung; zuweilen vernarben die Wunden nur, ohne richtig zu verheilen; manchmal aber gehen wir herzensklüger aus unserm Wahn hervor. Unser Freund, wenn er mit seinem Netz loszog, schlug sich, um treu bleiben zu können, auf die Seite der Strafe. Denn die Sinne sind Schmetterlinge, denen jede Blume recht ist.

»In Dublin«, murmelte unser Freund noch leiser. »Just in Dublin. Eine Leidenschaft in Dublin.« Wieder schwieg er und schien sich die Geschichte in seinem Kopf drin weiterzuerzählen.

»Jetzt mach schon«, sagte seine Freundin.

»Warum soll es in Dublin keine Leidenschaft geben.«

»Wegen dem Nebel«, sagte er, erwachend. »Ein furchtbarer Nebel war, der jeden einsam machte. Stumm und taub. Ich war wegen einem Kongreß da, einem *workshop of silent music*, ja, und da war eben diese Frau, eine Irin mit allem Irischen, was ihr euch jetzt denkt, roten Haaren und Sommersprossen.«

Erneut Stille – jeder stellte sich eine Irin vor –, bis die Freundin sagte: »Und?«

»Sie sang Koloraturen«, sagte unser Freund. »Eigentlich nur Beispiele zu einem Vortrag ihres

Manns. Ich fühlte mich so heftig zu ihr hingezogen, daß mir gar nicht auffiel, daß ich es ihr vor ihrem Mann sagte. Unsre Augen ertranken ineinander. Während die Kongreßteilnehmer die Thesen ihres Manns diskutierten, hielten wir uns die Hände. Mitten in einer Replik des Manns standen wir auf – er blieb einen Moment sprachlos – und gingen in mein Zimmer, wo wir jene nie gehörten Töne hörten, von denen ich manchmal auch schon gedacht hatte, es gebe sie nicht, und das Absolute spürten, wie es das Rückgrat hinabschoß. Dann saßen wir mit ineinander verschlungenen Händen stumm in einem Pub und sannen den verrauschten Klängen nach.«

Jeder sah unsern Freund aufmerksam an und ließ ihm Zeit, jene ferngerückte Musik noch einmal zu hören. Die Freundin war jetzt nicht mehr gerötet; diese Geschichte gehörte ihr inzwischen auch ganz. Sie ist eine jener Frauen, die, wenn sie ein bißchen älter geworden sind, jünger aussehen als zuvor. Reife, wenn das nicht eine so blödsinnige Vorstellung wäre; denn fällt nicht gleich viel, wie hinzukommt, von einem ab?

»Abends hätte ich meinen Vortrag halten sollen«, fuhr unser Freund ganz ohne Aufforderung fort. »Ich glaube, er hieß *Invisible sounds in some works of Frescobaldi*. Ihr kennt mich ja. Statt dessen gaben wir ein Konzert, sie öffnete den Mund wie ein Fisch, und ich spielte Unerhörtes, bis alle Zuschauer weg waren. Damals fiel uns nicht auf, daß es wohl ein Skandal war. Wir tranken danach noch einige Biere, aber nun war ihr Mann dabei – er hatte als einziger ausgeharrt, war sehr freundlich –, und wir gingen bald zu Bett. Ich machte am nächsten Morgen eine lange Wanderung über Hügel und Weiden und geriet in eine Schafherde, die Irland von Horizont zu Horizont zu füllen schien, blökende Tiere mit farbig bemalten Hintern, die mich mit sich rissen eine schräg abfallende Wiese hinab bis zu einem Bach, durch den ich mich retten konnte. Sehr naß kam ich am Abend wieder im Hotel an; da war gerade das Abschlußbankett; niesend saß ich da und sah am andern Tischende die Sängerin – sie machte mich sofort wieder wahnsinnig in ihrem Liebreiz, verrückt – neben ihrem Mann, der gutgelaunt mit ihr plauderte und später eine Tischrede hielt, in der er sagte, jede *silent music* sei nicht mehr als eine notwendige Arbeitshypothese – jener Anteil Utopie oder Sehnsucht, der einen davor bewahre, nur zu tun, was alle andern gerade zu erwarten scheinen –, das Ziel aber bleibe die *audible music*. Dazu sah er mich an, und ich sah seine Frau an, die in ihren Teller starrte. Gleich darauf gingen beide, während die

Gäste noch klatschten. Ich fuhr am nächsten Tag mit dem Schiff nach England und gleich weiter nach Calais, wo ich den Zug verpaßte und als einziger Gast in einem goldglitzernden Hotel übernachtete und allein in einem riesigen Speisesaal das teuerste Menü aß.«

Wieder war unser Freund still, aber diesmal schwieg er wohl auch in seinem Kopf drin. Den letzten Teil der Geschichte hatte er ausschließlich Egon erzählt, so wie es zuvor seine Freundin getan hatte; und Egon sah auch ihn so an, als seien ihm alle Irrwege des Herzens vertraut. Seltsamerweise ist das auch so. »Am besten verstehe ich den Teil mit den Schafen«, sagte er nun auch prompt. »Ich bin auch einmal in eine Herde hineingeraten, in Amerika, es muß ein Augenblick der Verwirrung gewesen sein, denn ich hielt die Schafe für eine Kompanie GIs im Manöver und wollte ihnen mit einem Stecken in der Hand die Vietnams der letzten hundert Jahre zurückzahlen.« Er lachte und prostete unserm Freund zu, der auch sein Glas hob und sich zurücklehnte, einen langen Schluck trank und leise vor sich hin zu summen begann. Alle taten wir so, als bemerkten wir das Wunder nicht. Aber wir atmeten leiser und bewegten unsere Hintern auf den Stühlen nicht mehr. Eine Melodie kam aus unserm Freund, die an einen Mühlbach erinnerte, der in einer hellen Sonne durch Auen und Blumenwiesen sprudelt.

»In Merika war das«, sagte Egon, taub für die Stimme der Engel. »Mannomann, das war eine Zeit, oioioi.« Unser Freund hörte auf zu singen. Tatsächlich hatte mir Egon damals lange Briefe geschrieben, mit immerderselben uralten Maschine, die ihn überallhin begleitete. Wo hatte er sie jetzt? In Merika war sein Leben jedenfalls gleich von Anfang an turbulent gewesen; wahrscheinlich brauchte er das nach den Wonnen Arabiens. Seine Freundin, die Jazzsängerin, sang jeden Abend in einem Klub progressive Stücke, in denen der an Charlie Parker geschulte Egon keine Melodie und keinen Rhythmus hören konnte. Er setzte sich an den Spieltisch im Hinterzimmer und beherrschte bald das Pokerface; nur die richtigen Karten fehlten ihm. Die andern hatten sie so oft, daß ihm der Verdacht kam, sie spielten falsch. Er begann seinen Hund zu trainieren, ihm ein royal flash zu bringen. Aber irgendwann waren seine Schulden so hoch, daß er sich nicht mehr im Klub blicken lassen durfte, und die Jazzsängerin schlief woanders, und er saß zuhause mit dem süßen krausen Kind, und ihm war nicht mehr ums Spielen zumute. So pumpte er sich hundert Dollars, kaufte sich ein Pferd, setzte das krause süße Mädchen vor sich auf den Sattel, und sie ritten los, nach Westen, immer der road 66 entlang. Die Tochter hielt sich an der Mähne fest und lehnte sich an ihn, und während bullige Lastzüge an ihnen vorbeidonnerten, sangen sie Lieder vom Weg der Sonne und sagten sich alles, was sie wußten. Das süße krause Mädchen erklärte Egon, wie man die Beine wirft beim Tanz, und Egon sprach von der Trauer, vom Alleinsein und daß man etwas *tun* muß. Sie schliefen hinter Kakteen und aßen in drive-in-Restaurants, auf dem Gaul zwischen Fords und Chevis sitzend. Nach einer Woche sahen sie aus wie Indianer und hatten gegerbte Hintern. Nach einer weiteren Woche – inzwischen waren sie in einer Prärielandschaft und hatten jene Schafherde in die Flucht getrieben – streikte das Pferd und wollte selber getragen werden. Sie gingen in ein Motel, stellten das Pferd mit viel Hafer in eine Garage, duschten stundenlang, aßen wie die Drescher und schliefen dann zusammen in einem Doppelbett hinter einem offenen Fenster, vor dem Grillen zirpten und eine Leuchtreklame die ganze Nacht über an- und ausging. Nach drei Tagen war das Pferd bereit, vorsichtig weiterzutappen; einer mußte nun immer nebenher gehen, und nach einigen Kilometern fiel ihnen auf, daß der Wirt des Motels in einem Respektabstand von hundert Metern hinter ihnen dreinritt. Er war ein kleiner dicker Mann, und sein Pferd war ein noch älteres Modell als ihres. Zuerst wollte Egon ihn mit Flüchen und Steinwürfen vertreiben, mit der Zeit aber gewöhnten sie sich an ihren Schatten, und als sie in der wirklichen Wüste waren – in jener glühenden John-Ford-Kulisse –, ritten sie nebeneinander. Besonders das krause süße Mädchen verstand sich gut mit dem Wirt, einem Polen, dessen Vater nach den USA ausgewandert war, um Abenteuer zu erleben, und den der Sohn jetzt rächen wollte. Zusammen griffen sie ein in Felsen verstecktes Atomkraftwerk an und gaben den Mauern Fußtritte. Sie saßen um Lagerfeuer und erzählten sich, wenn das süße krause Mädchen schlief, von der Reinheit ihrer Frauen. Der Wirt erzählte dann auch noch anderes, weil er sich in den letzten Jahren in seinem Motel so gelangweilt hatte, daß er jede Nacht von Schlüsselloch zu Schlüsselloch gekrochen war; und als er durch allzu häufige Augenscheine alles wußte, *wußte,* wurde er unfaßbar traurig, denn nie mehr würde er denken können, als erster etwas unsagbar Herrliches zu entdecken. Jetzt, auf diesem Ritt, wollte er seine Unschuld wiedererlangen. Er und Egon verstanden sich immer besser, auch hatte der Wirt seine ganze Motelkasse bei sich, und an einem Morgen kamen sie tatsächlich am Pazifik an, in der Gegend von Big Sur, wo die Klippen hundert Meter hoch sind und sie nicht baden konnten, nur schauen.

»Was haben die Amerikaner nur mit ihrem Westen?« sagte meine Frau. »Wahrscheinlich bebt ihre Westküste überhaupt nur, weil inzwischen die halbe Nation draufsteht.«

»Und was haben wir mit dem Süden?« sagte ich.

»Die Sonne«, sagte Egon. »Es ist immer die Sonne. Wenn in eurer Wahlheimat die Sonne wie in Italien schiene, hätte es nie –« Er verstummte, schien seine Theorie nochmals zu überdenken und brummte dann: »Jedenfalls, sogar das Rhein-Main-Gebiet leuchtet an dem einen Tag im Jahr, an dem die Sonne zeigt, was sie wirklich kann.«

Gut, sie konnten nicht baden, aber sie atmeten diese ungeheuerliche Luft aus Salz und Jod und gingen dann ganz langsam wieder auf die Menschen des 20. Jahrhunderts zu, aßen zuerst in Würstlbuden, gingen dann in richtige Restaurants mit Klimaanlagen und lungerten schließlich begeistert in weißen Ledern. Die Pferde verschenkten sie, und auf Egons Brief waren Tränenflecken, als er beschrieb, wie sie ihnen nachgeblickt hätten. Aber sie flogen mit dem Flugzeug zurück – der Wirt verjuxte tatsächlich die gesamten Einnahmen – und gingen in Chicago zu dritt auf eine

Abschiedstour. Das Kind tanzte alle Discos in Grund und Boden. Erst am frühen Morgen trennten sie sich – nun schlief das Kind in Papas Armen –, der Wirt trampte zu seinem Motel zurück, und Egon ging heim, wo die Jazzsängerin sich freute, daß beide zurück waren. Er blieb dann recht lange bei ihr; noch heute schreibt er ihr Briefe. Das Kind ist ihm fast sein liebstes.

»Wo hast du eigentlich deine Schreibmaschine?« sagte ich.

»Am Bahnhof«, sagte Egon. »Was soll ich hier bei dir mit einer Schreibmaschine.«

»An was für einem Bahnhof?«

»An eurem«, sagte Egon und deutete mit dem Daumen in die Nacht hinaus, wo, unter einem runden Mond, die schwarze Silhouette der Ruine in den Himmel ragte. In einem der Bäume, dem Schlafbaum der Fasane, war ein plötzliches Chaos; vielleicht irgendein Räuber, der den Stamm hochschlich. Wind bewegte die Äste und trieb Wolken vor dem Mond vorbei.

Weil sich der Hund nicht vom Schaukelstuhl hatte vertreiben lassen, waren die Kinder nun dabei, eine Art Kran zu bauen, ein Schlingensystem, das sich böse und hinterrücks um ihn legen sollte, ihn hochheben und vor seinem Napf absetzen. Sogar das ganz kleine nestelte irgendwie Schnüre zusammen. Nur, der Hund war plötzlich auch an der Arbeit interessiert und sprang genau in dem Augenblick, wo er es nicht mehr gedurft hätte, vom Stuhl herab. Also war nun ein großes Geschrei; die Kinder wollten den Hund in die Falle zurücklocken, der aber hatte alle Seile im Maul und zerrte an ihnen, Täter geworden, ohne zu begreifen, daß er als Opfer ausersehen war.

Nun begann ich doch zu erzählen, wie ich meine Frau kennengelernt hatte, obwohl sie, anders als die Frauen der andern Berichte, ja dasaß in Fleisch und Blut und gleich auch rot wurde, nicht aus Scham und nicht aus Eifersucht, sondern weil sie wie ich fühlte, wie lange das alles zurücklag, so fern, daß wir manchmal denken, ganz andere haben sich einst zusammengetan und sind, schwer zu sagen wie, die geworden, die wir heute sind. Ich einst ein zittriges Büblein mit einem sonnigen Grinsen; sie eine, deren Herz ein bißchen in Glas gehüllt war. Vielleicht haben wir wirklich jeder dem andern etwas gegeben, was der nicht hatte. Nicht daß meine Frau jetzt sonnig grinste; aber die Glasscherben, die an ihr hingen, als ich sie traf – Stolz? Zukunftswille? –, sind in ihrer Wärme geschmolzen. Und ich kann ernst sein und schweigen.

»Ich trat aus einem dieser schwarzen Tannenwälder, die es in jenen Höhen gibt«, sagte ich.

»Dachlose Hallen ohne Geräusch und Licht, die mich ängstlich werden ließen. Also ging mir das Herz auf, als diese Düsternis zu Ende war und ich über eine sanft abfallende Weide blicken durfte, die erst zum Horizont hin wieder anstieg und in einem Wald wie dem meinen endete. Rechts und links dasselbe. In der Mitte dieses Trichters stand ein einziges Haus, zu dem von vier Seiten her vier Wege führten, alle aus den Wäldern heraus. Es stand still in einem blumenblühenden Garten. Auch sonst kein Laut, nur auf der einen Weidenschräge standen zwei, drei Kühe und bewegten hie und da die Glocken. Ich war hungrig und durstig und ging – es gab gar keinen andern Weg – auf das Haus zu, aus dessen Tür plötzlich Kinder herausquollen – nun war es nicht mehr ruhig – und davongingen, drei nach Ost, drei nach West, drei nach Nord, drei nach Süd. Eine Schule. Gleich trat auch die Lehrerin unter die Tür: eine Frau, der nur noch der riesige Brotlaib über der Schürze fehlte und ein irdener Krug; aber wahrscheinlich hatte sie Brot und Milch schon vor der Heimatkundestunde verteilt. Ich stand und starrte so lange, bis sie den Kopf wandte; Augen, daß mir sofort alles verschwamm. Sie schaute noch einen Augenblick und ging dann ins Haus zurück und schloß die Tür. Nun sah ich auch ein Auto in einem Schuppen stehen, einen alten Peugeot. Wir waren also doch in unserem Jahrhundert. Vor der Tür zögerte ich; ich war selber einmal Lehrer gewesen und aus der Schule geflohen, weil ich zu vergreisen begann. Dann klopfte ich. Die Frau stand in der Mitte der Schulstube zwischen Bänken verbarrikadiert und hielt einen Besen in der Hand. Es roch nach Kreide. Ich war sofort eingeschüchtert von ihrer Unberührbarkeit und sprach mit einer Stimme, die viel leiser war als sonst. Sie lächelte und sagte nichts, und ich begriff, daß sie gar keine Angst hatte. In der Tat wundere ich mich heute noch, daß sie jahrelang völlig allein in diesem einsamen Haus hat leben können, ohne von den Waldmenschen der hinter den Hügeln verborgenen Höfe besucht zu werden, die doch alle Absinth trinken und unter seinem Einfluß die unfaßbarsten Dinge tun.«

»Absinth macht blind«, sagte meine Frau. »Wie Liebe. Aber bei der Liebe findet man erst den Rückweg nicht mehr, mit Absinth verläuft man sich schon auf dem Hinweg.«

»Das muß es sein«, sagte ich. »Ich weiß nicht sicher, ob es Liebe auf den ersten Blick war; vielleicht Gier. Es gibt auch eine Liebe, die erst im Lauf der Jahre sehend wird und dann der Gier dankt, daß die einem riet zu bleiben.«

»Stimmt das?« sagte Egon zu meiner Frau und sah zwischen uns hin und her, als mache er sich zum ersten Mal Gedanken über unser Zusammensein. Zuweilen hatte ich tatsächlich schon das Gefühl gehabt, er sehe uns zwei als ruhige Wasser, von keinem Wind bewegt.

»Das mit der Gier?« sagte meine Frau. »Ja.«

»*Ich* bin dran«, sagte ich zu ihr oder zu Egon. »So eine zerbrechliche Story erträgt keine zwei Versionen.«

»Bittebitte«, sagte Egon und sah dazu meine Frau an, als sei er sicher, sie sage ihm später sowieso alles.

»Also. Ich saß dann in der ersten Bank, da wo die Streber sitzen oder die ganz Schwatzhaften, die man strafversetzt hat, trank Most und aß ein Speckbrot. Die Lehrerin saß auf dem Pult und sah mir zu, zufrieden damit, wie ich meine Aufgabe löste. Ich erzählte ihr mit vollem Mund von meiner Wanderung und daß ich im Kopf einen Roman schriebe, der im Gelben Meer spiele. Sie sagte, sie sei die ganze Woche hier oben und sehe keine Sau, nur am Samstag setze sie sich ins Auto und fahre in den Ort, zehn Kilometer hinter den Wäldern. Dann gehe sie ins Kino oder sitze mit Freunden im *de la Poste*. Im Sommer liebe sie diese Wälder, die im Winter zu Mördern würden. Dann kämen die

Kinder mit Skiern über die Hügel und erzählten von Wolfsspuren, die sie gesehen hätten; auch die Erwachsenen – Holzfäller, Bauern, Köhler – sehnten sich dann nach unsichtbaren Tieren. Sie habe noch nie eins zu Gesicht bekommen, nein, nie; nur den Schulinspektor, der im Winter jeden Monat zwei, drei Male ihre Leistungen prüfe und auf einen Schneesturm hoffe, der ihn zum Bleiben zwänge. Bis jetzt aber habe Gott immer einen Föhn geschickt, wenn der Inspektor, beraten von der Meteorologischen Zentralanstalt, einen neuen Anschlag geplant habe. Und als wir beide lachten, fügte sie plötzlich ernst geworden an, zuweilen sehe sie schon Schatten, etwas Huschiges, was die Oberlichtfenster sekundenschnell verdunkle, wenn sie aufblicke; wenn sie schlafe, komme es ihr so vor, als ob ein Auge auf ihr ruhe. Aber sicher sei sie nicht.

Obwohl es ein Dienstag war, fuhren wir mit dem Peugeot in den Ort; sie steuerte ihn sicher über Kuppen und durch Hohlwege und hupte zuweilen mit einem ganz dünnen Ton. Im Ort, einer kleinen Industriestadt voller grauer Häuser, saßen wir zuerst im *de la Poste* und tranken Weißwein, und die Frau winkte ihren Bekannten zu, ohne an ihren Tisch zu gehen. Wir saßen uns gegenüber und beugten uns beim Reden so sehr vor, daß sich unsre Köpfe berührten. Wahrscheinlich sah jeder im Restaurant, was aus uns zu werden begann. Später gingen wir in ein Lokal, das einen schlechten Ruf hatte und in dem sie noch nie gewesen war; es hieß *la licorne* und war so etwas wie eine Arbeiterdisco – Schummersamt und ein Tonband – in einem Keller unten, und wir waren die einzigen Gäste. Ein gelangweilter Kellner mit einem kühnen Schnauz. Wir tranken weiter Weißwein und tanzten zusammen; das war schon fast zu viel; sofort wären wir dazu fähig gewesen, unter einen der Tische zu stürzen; daß es nicht dazu kam, lag daran, daß gleich darauf Polizeistunde war und wir gehen mußten. Draußen war eine kühle Nacht. Wir fuhren durch die Hohlwege zurück, Hand in Hand in einem schönen Mondlicht, hielten immer wieder und küßten uns. Wölfe hätten heulen können, wir hätten sie nicht gehört. Die Schule stand noch viel ruhiger als am Tag in den blauleuchtenden Wiesen, und nur, als die Frau die Tür aufschloß, huschte so etwas wie eine Katze über das Dach. Wie schliefen zusammen, natürlich, obwohl es für mich ein Wunder war, daß die Frau einfach so selbstverständlich mit mir sein wollte.

Am nächsten Morgen – die Sonne schien schräg durch die Vorhänge hindurch auf unser rotweißkariertes Deckbett – weckte uns ein Geräusch, als stürze eine Wildsauherde durchs Haus hindurch. Wir hatten uns verschlafen, und die Schulkinder waren schon da. Die Frau zog sich sehr hastig an, fuhr mit der Bürste ein paarmal durch die Haare und sauste die Treppe hinab; gleich war es ruhig. Ich stand langsamer auf und versuchte, keinen Lärm zu machen. Aber in diesem Haus schrie jeder Balken auf, wenn er den Fuß nur schon kommen fühlte. So knarrte ich über die Köpfe der Kinder hinweg – später sagte mir die Frau, alle hätten nach oben gestarrt, als sei ihnen ein Engel erschienen – und in die Küche hinab, wo ich geräuschlos Kaffee machte, bis mir die Nescafé-Büchse auf den Boden fiel und über den ganzen Steinboden schepperte. Jetzt wars auch schon egal. Ich trank den Kaffee und ging in den Garten hinaus. Eine warme Sonne. Die Kühe waren ganz nahe und fraßen Malven. Schmetterlinge tanzten über Rosen, die so dicht wuchsen wie im Süden. Die Wälder ringsum standen schwarz und rahmten ein leuchtendes Grün voller Löwenzahn ein; über allem ein blauer Himmel. Ich hob gerade so etwas wie den Deckel eines Ziehbrunnens hoch, unter dem jedoch kein Brunnenloch war, sondern eine von Schmierfett verdreckte Scheibe, die sich mit einem hohen sirrenden Ton drehte, als ich jemanden neben mir bemerkte, einen Mann, einen Zwerg fast, alterslos, aber sicher nicht jung. Er deutete auf den Brunnendeckel und sagte etwas, was so krächzig war, daß ich es nicht verstand.

›Bitte?‹ sagte ich.

›Das‹, sagte er jetzt etwas verstehbarer, ›ist die Mitte der Erde.‹

Ich hob den Deckel wieder hoch, sah aber nicht mehr als vorher. Wie der Achsbolzen einer Mühle. Noch so ein Irrer, dachte ich, in dieser rauhen Luft haben alle einen Sparren, da gibt es kein Entrinnen. Das Männchen kicherte mich an, als lese es meine Gedanken und sei mit ihnen einverstanden. Es trug ein uraltes Jöppchen, weite warme Bauernhosen und, merkwürdigerweise, ziemlich neue weiße Turnschuhe. ›Dochdoch‹, sagte es und setzte sich auf einen moosigen Stein zwischen Sumpfdottern. ›Früher haben alle gewußt, wo die Mitte ist. Hier. Hier bei der Achse wird keiner herumgeschleudert von dieser unermüdlichen Zentrifuge. Ja. Aber die weiter weg‹ – er deutete vage über die Hügel hin – ›denen wirbelt der Kopf, und die Gedankenteile sprühen auseinander und setzen sich ganz falsch wieder zusammen. Hier‹ – er hielt inne und sah gedankenverloren auf das Haus – ›hier muß eigentlich keiner in die Schule gehen. Wozu denn. Horchen und schauen, das genügt. Schule! Die hier steht nur da, weil die, die über die

Volksweisheit zu entscheiden haben, weit weg wohnen, da wo die Fliehkraft ihnen das Hirn zusammenquetscht.‹ Er lachte plötzlich los, und ich lachte erleichtert mit, weil ich dachte, wenn er ein Verrückter ist, dann wenigstens kein gefährlicher. Wieder las er meine Gedanken und nickte ihnen zu. Er hielt einen Packen Papiere in der Hand, mit einem rosa Band umwickelte Briefe, beschrieben mit einer blauen Tintenschrift. ›Eine Frage‹, sagte er unvermittelt. ›Finden Sie, daß ich Gott gleiche, oder eher, daß Gott mir?‹ Ich sah ihn an und dann zum Himmel hinauf. ›Gott Ihnen‹, sagte ich. ›Kein Zweifel.‹

Er strahlte. ›Ich habe die Frage jahrelang analysiert und bin zu demselben Schluß gekommen. Ich –‹ er senkte die Stimme, als könnte uns hier jemand belauschen – ›ich habe nicht immer hier gewohnt. Aber jetzt ist das hier *meine* Mitte geworden. Ich habe Sie heimkommen sehen. Passen Sie gut auf sie auf.‹ Er deutete mit dem Kinn gegen die Schulzimmerfenster, aus denen jetzt Kinderstimmen ein lustiges hüpfendes Lied sangen. Dazwischen ihre Stimme, eine Möwe eher als eine Nachtigall, eine gutgelaunte Möwe. Der Mann lauschte so verzückt, daß ich ihn nicht fragte, was **er** damit sagen wolle. Was ihn unsere Liebe überhaupt anginge. Und sofort auch erklang eine kleine

Glocke, wie wenn an Weihnachten das Christkind den Weihnachtsbaum gebracht hat, und die Kinder stürmen scheu in das verwandelte Zimmer und sehen gerade noch den Unterhosensaum des wegfliegenden Engels. Der Gnom sprang auf und zischte grußlos durch die Blumen weg. Oben in den Löwenzahnen drehte er sich noch einmal um, rief ›Ein Hirn voller Feuer, junger Mann, ein Gehirn voll Feuer‹ und verschwand fast sofort irgendwo in dem gelben Grün. Nun kamen die Kinder, und hinter ihnen die Frau, und ich vergaß die Erscheinung, während wir schweigend Hand in Hand die Wege hinaufsahen, bis die vier Wälder die Schüler verschluckt hatten. Dann ging die Frau, ohne ein Wort zu sagen, ins Haus zurück, und als ich oben an der Treppe ankam, hatte sie ihren Koffer schon fertig gepackt, und gleich darauf saßen wir im Auto. Hier konnte oder wollte sie nicht bleiben. In einer strahlenden Sonne fuhren wir weg von diesen Hochtälern, in denen die Herzen so rein bleiben müssen, daß alle Unreinen sich in grauen Winternächten erhängen.

Nun, vom ruhigen Pol fern, wirbelten auch unsre Leben schneller; wir wohnten in einer Stadt am See, ich schrieb meine Geschichte von der Leidenschaft in Hongkong und warf sie dann weg, und die Frau spielte in einer Theatergruppe mit, die, wenn in der Seestadt keine Leute mehr ins Theater kamen, in die Jurahöhen hinauffuhr und das im Licht Geprobte in vom Nebel umwallten Gasthöfen zeigte. Molière, Goldoni, Marivaux. Auf die ersten drei Gastspielfahrten zog die Frau allein, auf der vierten aber begleitete ich sie. Wir fuhren mit einem Lastauto von Dorf zu Dorf. Alle Schauspieler, auch die Frau, hatten einen Deklamationsstil, der wie in jenem Spiel zustande gekommen sein mußte, in dem einer dem andern eine bestimmte Information ins Ohr sagt und man sich darüber freut, was beim letzten herauskommt; die Information in diesem Fall wäre gewesen, wie man in der Comédie française Theater spielt. Aber den Zuschauern gefiel es, und jeden Abend waren die Säle voll. Das Stück war der Tartuffe; die Frau spielte jene, die mit dem Feuer spielt, indem sie ihrem unter einem Tisch versteckten Mann zeigen will, was sein vermeintlicher Freund in Wirklichkeit mit ihr im Sinn hat, und sie läßt die Glut so nahe an sich herankommen, daß sie den Moment des Löschens verpaßt und keine Abwehr mehr findet, und alle drei rasen und schreien plötzlich völlig überrumpelt, die Frau, der Liebhaber und der Eifersüchtige. Nach jeder Aufführung saßen wir mit den Bauern und aßen und tranken, und danach war ich Orgon und Tartuffe in einem.

Schließlich kamen wir in den Heimatort der Frau, in jenes Dorf, das man nur über eine Hängebrücke und einen langen Serpentinenweg erreichen kann. Auch wir schleppten uns da hinauf; die Kulissen trugen wir, das Notwendigste, ein paar Wändchen und Tartuffes Mappe. Ich fragte die Frau, ob sie das nervös mache, so in der Heimat, und sie sagte Nein, ihre Eltern gingen sowieso nie ins Theater, weil sie dächten, das sei Teufelszeug. Tatsächlich war sie dann wie immer, bis kurz nach der Pause, wo wir alle sahen, daß irgend etwas im Zuschauerraum herumrumorte; da spielte sie plötzlich wie eine Traumwandlerin, viel langsamer als die andern, so daß sie kaum mehr dazuzugehören schien. Ihre Sätze waren nun wie Tischtennisbälle, die man gegen den Wind wirft. Ich stürzte in den Saal und sah auch sogleich den Gnom, den Zwergmann, der, als er mich erblickte, davonzischte wie damals im Löwenzahn. Ich hinter ihm drein. Wir rannten durchs ganze Dorf, und obwohl er doch viel älter war, gelang es mir nicht, ihn einzuholen. Allerdings hängte er mich auch nicht ab, obwohl er sich gut auskannte, durch Scheunen rannte und über Mauern sprang. Endlich verschwand der Ungeist in einer niederen Tür, und als ich durch sie hindurchgerannt war, stand ich allein in einem düsteren Raum ohne Ausgang. Hinter mir drehte sich ein Schlüssel im Schloß. Ich fluchte leise in mich hinein und suchte einen Lichtschalter: ich war in einem kargen Saal mit Holzstühlen und vorn einer Art Podium; in einer Ecke ein Harmonium, davor zwei Stühle. Keine Bilder an den Wänden. Ich rüttelte an der Tür und begann zu brüllen. He, hallo, aufmachen. Es war gleichzeitig lächerlich und beängstigend. Endlich hörte ich Schritte, der Schlüssel drehte sich wieder, die Tür ging auf, und ich stand vor einem Hünen mit schlohweißen Haaren, der mich strafend ansah. Ich stammelte etwas Wirres, ich sei vom Theater, und der Hüne begann Feuer zu speien und mich mit einem Kreuz zu bannen; aber da ging die Tür erneut auf, und die Frau trat ein. Scheu, rot. Natürlich war der Hüne ihr Vater. Langsam verwandelte sich der aus einem feuerspeienden Berg in ein gemütliches moosiges Gebirge, und in dieser Nacht schlief ich allein, denn die Frau ging mit ihrem Vater mit. Ich war fast die ganze Nacht über wach und sah zum Fenster hinaus, den Serpentinenweg hinunter in die Ebene. Der Gnom blieb verschwunden. Am Morgen, ich saß am Frühstückstisch, kam die Frau, die Handtasche schlenkernd, ins Restaurant herein und setzte sich zu uns an den Tisch. Sie war wieder ganz die alte. Allerdings spielte sie von da an nie mehr Theater. Sie sagte, so etwas wie die Traumwandlersätze komme nie mehr aus ihr heraus. Wir fuhren mit dem Zug in die Seestadt hinab. Ihre Rolle wurde für die letzten paar Vorstellungen von irgendwem gegeben, vermutlich vom Direktor selbst, dessen Lieblingsbeschäftigung das Einspringen war. Monate vergingen wieder, Jahre fast. Erst dann sah ich in ihren Sachen jenes Briefbündel, das der Gnom einst in den Händen gehalten hatte, und erst dann begriff ich, wer er gewesen war. Die Frau hatte ihm gesagt, sie habe nun einen neuen Pol. Mir schwindelte. Die Mitte der Erde war plötzlich woanders. Ich weiß nicht, ob die in der Schule den jähen Wechsel des Magnetfelds bemerkt haben. Vielleicht flogen ihnen die Kappen von den Köpfen. Vielleicht hingen in den kalten Ställen die Erhängten plötzlich schräg, und die Überlebenden waren zum ersten Mal unsicher, ob sich die ständigen Opfer lohnten.«

Das wars. Alle sahen meine Frau an. Sie aber sagte gar nichts, lächelte und trank aus ihrem Glas. Das war eine Sprache, die die andern auch gut verstanden, und sie tranken auch. Wir reckten uns und gähnten; Egon stand auf und ging ein bißchen auf und ab; aber gleichzeitig klopften unsere Herzen sehr ruhig, denn die Erde drehte sich in einem Tempo, mit dem es sich leben ließ.

Eine Weile lang saßen wir schweigend da, jeder damit beschäftigt, den Spuren seiner eigenen Freiersfüße nachzublicken, als plötzlich mit einem dumpfen Knall der Gips von der Decke stürzte und uns in eine weiße Wolke hüllte. Großes Gehuste. Als sich der Nebel lichtete, waren wir alle weiß, als seien wir ins Mehl gefallen, und alles – Tische, Theke, Stühle, Fußboden – war voller Gipsbrocken und Dreck. Ein Erdbeben? Ich hatte nichts gespürt, und der Lampenschirm war auf der Lampe geblieben. Eher eins der Lecks des Hauses. Schiffe gehen erst unter, wenn die Bordwand Löcher kriegt, und auch dann kann man pumpen, wenn die Mannschaft kräftig genug ist.

Nun stand jeder und tat etwas völlig Sinnloses: der Versicherungsmann kletterte auf die Theke, um der Decke näher zu sein, und äugte zu den Abrißstellen hinauf; Strohgeflecht und Balken; Egon hatte die Flasche an sich gerissen und hielt ein Auge übers Spundloch; unser Freund stand mit einem kalkweißen Stück Rhabarberkuchen in der Hand da und kratzte darauf herum; ich war in die Küche gestürzt und wieder zurück, ohne etwas zu holen oder hinzubringen; nur die beiden Frauen beugten sich über die große Couch, auf der sich die Kinder und der Hund zu einem Schlafknäuel eingerollt hatten; sie schliefen, ohne von dem Unheil etwas bemerkt zu haben. Die Frauen wischten die Kindernasen frei und holten Besen und Schaufeln, und dann putzten wir alle, wie Geister aussehend, den gröbsten Dreck weg, weil wir nochmals einigermaßen manierlich an einem ein bißchen manierlichen Tisch sitzen wollten. Wir hatten uns noch nicht ganz alles gesagt. Ich öffnete ein Fenster und sah in die Nacht hinaus. Der Mond war weg; noch war es dunkel, aber die Vögel pfiffen schon. Eine kühle Luft um bewegungslose Bäume, die von keiner Katastrophe wußten. Die Hiraklion, jenes Schiff zwischen Piräus und Kreta, war untergegangen, weil ein schlecht vertäuter Camion im Laderaum ununterbrochen gegen die Schiffswand gerollt war, bis er sich ins Meer durchgeschlagen hatte. Die Titanic. Auch die Andrea Doria, wenn ich mich recht erinnere, war größenwahnsinnig geworden und tutete im Nebel statt anzuhalten. Sonst wußte ich nur noch von einem Flugzeug, jenem, in dem ich mehrmals geflogen war, einer Britannica der Globe Air, die dann mit etwa zwei Litern Benzin im Tank bei Nikosia gegen einen Berg prallte. Ich war damals gerade in Deutschland angekommen – meine Frau war noch in der Stadt am See und nahm Abschied – und las es in einer Zeitung in einem jener Lokale, die mir damals herzlos vorkamen und die ich heute gemütlich finde.

Als wir wieder saßen, neuen Wein in neuen Gläsern hatten und uns wie Überlebende anlächelten, sagte Egon: »Seht ihr, ob wir an die Katastrophen denken oder nicht, sie kümmern sich nicht um uns. Sie kommen oder nicht. Auf unserm Ritt nach Westen schliefen wir einmal in der Wüste, den Kopf gegen so merkwürdige Hubbel gelehnt. Abschußrampen für Atomraketen. Aber meine Erinnerung ist eher die an ein furchtbar zähes Steak, weil unser Sancho Pansa die fixe Idee gehabt hatte, das Fleisch unter einem Sattel zuzureiten. Eine Tradition seines Volks.«

»Die Polen sind doch keine Tataren«, sagte der Versicherungsmann, der, weil er nichts von privaten Kindheiten hält, die Kindertage der Völker gut kennt. Er spricht gern davon, wie alles angefangen hat. Und er meint, daß wir alle geblieben sind, was unsre Ahnen waren. Tatsächlich, wenn wir gemeinsam einkaufen gehen, sehen wir aus wie eine Horde Barbaren in einem uralten Garten.

»Nach dieser Katastrophe«, sagte Egon, ohne auf den Einwand einzugehen, »ist der Augenblick gekommen, euch meine letzte Lebenskatastrophe zu gestehen. Jetzt kann ich es. Bis gestern hat meine

Seele nämlich dem Satan gehört. Er hat seine eigene Art, das Leben zu genießen, und benützt mit Vorliebe mich als sein Medium.«

Unsre Gesichter schwebten zwischen Lachen und Ernst. Wenn Egon erzählt, drückt einem, während man wiehert vor Vergnügen, zuweilen eine kalte nasse Hand innen das Herz zusammen. Ich glaube, er selber will sich immer wieder als ein heiterer oberflächlicher Egon sehen, um nicht von seiner eigenen Lava verschlungen zu werden. Er bückt sich beim Wandern, um eine Raupe in Sicherheit zu bringen. Aber stell einen Lastwagen mit Nitroglyzerin vor die Tür, und er balgt sich darum, ihn über Schotterwege in die Berge fahren zu dürfen.

»Aus Argentinien«, sagte Egon, »bin ich nicht eigentlich wegen der zwei Schwestern geflohen; oder nur indirekt. Da war noch eine dritte.«

Er war schon immer ein Meister des Dreiecks gewesen, aber das war nun ein Quadrat. Er hatte mir nichts davon geschrieben, wahrscheinlich, um mich nicht zu überfordern. Er trank einen großen Schluck und fuhr fort: »Diese Frau war sehr dick, ein Faß, mit Brüsten wie Weinschläuche. Ich erwähne das, weil sie für mich schön war. Ich war nach ihr verrückt. Nie begreift der Nüchterne, was den Verliebten rasend macht: alle sehen eine ganz gewöhnlich nette Frau, und nur *einer* eine, bei der das kleinste Lächeln ihn aus der Haut fahren läßt und, wenn sie's zuläßt, in ihre hinein. Ich hatte diese Frau in Buenos Aires kennengelernt, als ich das erstemal vor meinen beiden Frauen geflohen war, oder vor den gierigen Männern um mich herum. Ich wollte meinen Fluchtflug buchen, und sie war die, die mir mein Ticket ausstellte; eine Stadtfrau; ich war ihr sofort so verfallen, daß ich nur dummes Zeug über die Theke stammelte und sie um keine Telefonnummer oder sowas bat; ich ging fast ohne Abschied. Aber sie hatte, von Amts wegen, meine Hotelnummer und rief abends an, ganz ohne Scheu und sehr herzlich. Ob wir zusammen essen könnten. Jetzt bin ich fast vierzig und kann noch immer nicht fassen, daß Frauen, denen ich gefalle, mir das auch sagen. Ich schrumpfe ein, just wenn ich eine *sehr* will. Wenn nur ein bißchen, bin ich viel frecher; so ist oft die mit mir gekommen, die ich kaum begehrte, und die, die es gewesen wäre, saß keusch am Tisch und sah uns nach. Ich drehte mich nicht um, ein blöder Orpheus, der dann einer in die Ohren sang, was einer andern galt. Jedenfalls, wir saßen in einem Steak-Lokal und sprachen miteinander, und einmal schüttete ich ihr mit einer unbedachten Handbewegung allen Wein in den Schoß. Auf Anhieb verstanden wir das Symbol und lachten. Gerade deshalb verabschiedeten wir uns dann fast scheu, und sie ging weg. Ich – soll einer verstehen, wer welche Entschlüsse in einem auslöst – ging zu einem der Plätze, von denen immer Lastautos ins Landesinnere abfahren – Bier hin, Zuckerrohr her –, und kehrte noch in derselben Nacht zu meinen zwei Frauen und der Tankstelle zurück; mein Flugticket war in meiner Hintertasche; niemandem war meine Abwesenheit sehr aufgefallen, alle hatten mich auf einem meiner Dschungelritte gewähnt, und der Indio hatte noch nicht einmal die Kuh geschlachtet. Ich hockte wieder im Tankstellenhäuschen und begann auf meiner Schreibmaschine eine Darstellung der Gegenwart Argentiniens aus der Sicht eines Indios zu schreiben; ich wollte das Grün des Dschungels schildern, dieses satte nasse Grün, und dann den fernen Lärm von Baumaschinen, der immer näher kommt, und der Indio starrt auf die Blätter vor seiner Nase, gelähmt, bis ein erster sichtbarer Axthieb hindurchdringt, und dahinter die Fratze des Weißen. Es sollte eine vor Wut bebende Geschichte werden. Hie und da kam ein Auto, und ich füllte seinen Tank oder, wenn der Fahrer lässig am Steuer blieb und mit dem Schlüssel schlenkerte, einen eigenen Kanister. Nachts schlief ich mit der älteren Schwester und, wenn sie, wie oft, bei ihrem Vater war, mit der jüngern, obwohl sie ein Bein im Gips hatte, an der Biegung des Flusses. Da umsurrten uns Mücken und zerstachen uns die Popos, aber die Qual gab dem Abenteuer erst den richtigen Reiz, auch weil jenseits einiger ziemlich locker gepflanzter Bananenstauden die Männer Radau machten und sich leere Bierflaschen an die Köpfe warfen.«

Er schwieg, und ich begriff, daß er mir das gar nicht hatte schreiben können, weil er selber sein Brief war. »Ich habe deinen letzten Brief noch nicht beantwortet«, sagte ich, »und jetzt kommt schon ein neuer mit einem ganz neuen Inhalt.« Egon lächelte mich an; manchmal kann seine dicke Haut zart und fein sein.

»Schreib mir postlagernd«, sagte er, »wohin du willst. Was ich erzählen wollte: natürlich ging mir das wortlose Versprechen der dicken Frau nicht aus dem Sinn. Aber im Dschungel ist es nicht wie in der Stadt; da kann keiner schnell mal Zigaretten kaufen gehen. Buenos Aires war 800 Kilometer weit weg. Aber der Sinnenwahn bahnt sich rücksichtslos seinen Weg« – ich sah, daß unser Freund und die Freundin sich anlächelten und es auch wußten – »wenn er einen befallen hat, wird einem die fremd, die man eben noch *liebte*. Und seltsam, nur im wirklichen Leben ergreifen alle die

Partei des Betrogenen; im erzählten ist jeder für die Betrüger. Die Geschichten edelster Liebe ließen sich stets auch anders herum erzählen. Wie die Geliebten lügen. Wie sie quälen. Wie sie wehtun. Wen kümmern die Tränen König Markes.« Er hustete – er hustet oft, weil er raucht wie ein Schlot. »In Buenos Aires ging ich sofort zum Haus der dicken Frau; sie stand mit einem lustigen Kleid aus lauter Lappen unter der Tür und bat mich in eine kahle Wohnung herein, in der ein Kind herumtobte und mich sofort mit seinen Spielsachen bombardierte. Ich tat so, als amüsiere mich das, und die Frau saß im Schneidersitz auf einer Matratze; es gab keinen Stuhl, nur einen Fernseher, eine Truhe, ein paar Bücher in einer Ecke, eine Lampe. Zum Glück kam ihr dann in den Sinn, daß das Kind gerade an diesem Abend zu seiner Oma mußte. Nein, schrie das Kind; doch! die Mama. Wir verabredeten uns in demselben Steak-Haus, und während sie das sich sträubende Kind in einen fernen Stadtteil verschleppte, trank ich Wein und staunte durch das Fenster. Ich hatte vergessen, daß es so viele Menschen gab. Frauen. Männer ohne Beine und Arme. Bei uns im Dschungel waren die Krüppel ein Teil des Lands; irgendeine Banane fiel immer vom Baum; hier waren sie Abfall, der sich bewegte, bis eine städtische Reinigungsmaschine sie wegkarrte. Ihr in eurem Land«, er sah mich an, »habt keine Ahnung. Das, was ihr scheußlich findet, ist inzwischen das *Beste* auf dieser Erde. Die Pampas, der Dschungel, mein Gott. Fünfjährige ziehen mit ihrem Schuhputzzeug los.«

Er hatte mit verschüttetem Wein auf dem Tisch so etwas wie eine Landkarte gemalt, den Entwurf einer neuen Erde, auf der zum mindesten der Alkohol gleichmäßig verteilt war. Er sah sich seine Schöpfung eine Weile lang an und wischte sie dann mit dem Handballen weg. »Als die Frau zurückkam, war ich schon ein bißchen glasig; aber es machte nichts, wir fanden den Ton vom letzten Mal sofort wieder. Vielleicht ist das Lieben nicht mehr als jene völlige Sicherheit, auf den Flügeln der Zeit mitzufliegen, ohne in ein Luftloch sacken zu können. Es gibt Nächte, die ein Wunder sind. Vielleicht stimmte alles, weil wir so *wenig* von einander wußten. Am nächsten Morgen, bevor die Tochter zurückkam, fuhr ich erneut in den Dschungel zurück. Ich dachte noch immer, ein unentdecktes Geheimnis zu haben. Mein Fahrer war diesmal einer, der ununterbrochen davon berichtete, was er unternommen hatte, als ihm der Motorblock auf die Straße gefallen oder eine Brücke unter ihm eingestürzt war. Auf unserer Fahrt passierte gar nichts, ich schwamm im Rosa der vergangenen

Nacht und spürte kaum, wenn mein Schädel wegen eines Schlaglochs gegen das Dach krachte. Ich stieg so träumend aus, daß mir zuerst gar nicht auffiel, daß die ältere der beiden Schwestern weg war; erst die jüngere brachte mich durch ihr Grinsen darauf, als ich gerade, nur mit Unterhosen bekleidet, vor dem Kühlschrank kauerte und ein Bier suchte; sie lehnte – barfuß, mit Gips – in einem roten Kleidchen am Türrahmen und schaute mir so provozierend zu, daß mir der Verdacht kam, nicht sie und ich hätten ein geheimes Bündnis, sondern die beiden Schwestern. Um es kurz zu machen, die Erkenntnis, daß die ganze Zeit, während ich auf Wolken geschwebt war, meine Frau bei einem andern gelegen hatte, traf mich wie ein Blitz. Meine Vernunft war sofort ausgeschaltet oder blieb es, jetzt nur mit einem neuen Thema, und ich rannte zuerst zum Haus ihres Vaters, dann ohne jede Zurückhaltung durch die ganze Siedlung, wo ich alle Türen aufriß, ohne zu klopfen. In den Hütten fand ich grinsende Männer und alte Frauen. Ich schüttelte die Schwester und brüllte Wer? Wer? Wo?, aber sie sah mich nur an mit einem Blick, wie jemand, der längst Abschied genommen hat. Da überschwemmte mich ein furchtbares Elend. Ich hockte auf dem Bett und redete mit Tränen im Hals auf diese stumme Frau ein, die ich doch gar nicht meinte – die eigentliche war schon fort –, und spürte immer unabweisbarer, daß alles endgültig war und ich daran schuld. Abschiede sind etwas so Entsetzliches, daß sie mir, nach dem Gesetz einer fremdartigen Logik, ununterbrochen zustoßen. Es gibt Menschen, dich zum Beispiel«, wieder ich!, »die gehen ihr ganzes Leben auf einem schnurgeraden Weg; kein Links, kein Rechts, stets ein Ziel, zu dem sie dann auch gelangen.«

»Sehr witzig«, sagte ich.

»Mir aber«, er nickte, »zieht ein unsichtbarer Titan immer den Teppich mit einem so plötzlichen Ruck unter den Füßen weg, daß ich völlig blöd in völlig neuen Umständen auf der Nase liege. Na ja. Ich rappelte mich auf und ging zu dem Lastwagen hin, der mit laufendem Motor vor der Kneipe wartete. Setzte mich neben das Steuerrad. In meiner Tasche war ja immer noch das Flugticket. Ich hatte schon wieder so etwas wie eine Auch-recht-Stimmung. Zusammen mit dem Fahrer humpelte nach einiger Zeit die kleine Schwester aus der Kneipe. Sie hielten sich die Hände und ließen sie erst los, als sie mich sahen. Bitte, warum nicht auch das noch. Die kleine Schwester kam an das Autofenster, sah zu mir hinauf und sagte, so sei das, sie habe mich liebgehabt, aber jetzt sei sie bei einem, der zart sei; nüchtern; der frage und nicht fordere; bei dem es kein plötzliches Nachher gebe, sondern wo aus der Zartheit danach zuweilen ein neuer Heftigkeitssturm werde, der herrlicher sei als der erste. Ich fragte sie, von wem sie spreche, von sich oder von ihrer Schwester. Sie lächelte und sagte, von beiden. Es war schon eine harte Dosis. Mit ihrem Liebhaber fuhr ich dann die achthundert Kilometer nach Buenos Aires zurück; jetzt, wo er meine Rolle in seinem Leben zu ahnen begann, sprach er nicht mehr so viel; vielleicht auch, weil es inzwischen unglaublich heiß geworden war. Wir tranken Bier, wo immer wir welches fanden, in Tankstellen, Urwaldläden und zwischen Büschen verborgenen Kneipen, für die der Fahrer eine untrügliche Nase hatte. Die Hose und das Hemd klebten auf der Haut.

Auch die dicke Frau, als ich am Abend bei ihr klopfte, war in Schweiß gebadet. Ich hatte Orangen für das Kind gekauft, die es sofort nach mir warf, und ich warf sie zurück, so lange, bis wir eine Art Waffenstillstand erreicht hatten, der uns zusammen fernsehen ließ, einen Kindertrickfilm, in dem Popeye oder sonstwer ununterbrochen sehr schnell rannte. Die Frau ging die ganze Zeit in der Wohnung auf und ab und rauchte und verschwand im Bad, aus dem sie mit immer andern T-Shirts oder Hosen auftauchte. Nichts paßte. Wir aßen dann zu dritt, Pommes frites und Ketchup, in einem waschküchenartigen Lokal, an dessen Decke sich ein Propeller drehte, und ich schlief auf einer Liege, von der Tochter durch die offene Zimmertür beobachtet. An der andern Zimmerwand schnaufte die Frau. Am nächsten Morgen beim Frühstück erzählte sie mir von ihrem Mann; der unterrichtete an irgendeinem Institut Zollbeamte und hatte unzählige Freundinnen, aber für die Frau war er eine Sicherheit, einfach weil sie *wußte,* daß er, Bettgeschichten hin oder her, nur sie liebte. Das Kind, erzählte sie, sei gleich nach der Geburt zu ihrer Schwiegermutter gekommen, weil Mann und Schwiegermutter gesagt hätten, das könne sie nicht, ein Kind großziehen, und sie hatte zu allem genickt. Saß daneben, wenn die Oma dem Kind zu trinken gab. Sah zu, wie sie es in den Schlaf wiegte. Und auch der Sohn, ihr Mann, lag an der Mutterbrust und übersah ihre. Sie war mit allem einverstanden und war es immer noch. Jetzt ging das Kind zur Oma, wenn einer wie ich kam. Sie wußte nicht, was sie dort trieben, aber wenn das Kind zurück war, schaute es sie an wie einen Feind. Der Mann kam zuweilen. Er hatte ein Motorrad, auf dem er wie ein Unverletzbarer herumraste, und stand plötzlich im Zimmer, Herr im Haus.

Sie schlief dann auch widerspruchslos mit ihm. Sie war ja seine Einzige. Er liebt mit der Gewalt eines Mörders, sagte sie einmal; es kann schon sein, daß er auch tötet.

Nach einigen Tagen mietete ich ein Zimmer unter dem Dach eines kleinen Hotels ohne Klimaanlage. Ich wollte überleben. Noch immer war mein Wahn nicht von mir gewichen. Es machte mich rasend, auch nur ein Kleidungsstück von ihr anzusehen, oder auf der Straße ein ähnliches, wie sie es hatte. Ununterbrochen sah ich mir im Kopf drin nochmals an, wie das Liebeswunder gewesen war, einen Film, in dem ein Stück fehlte, das wichtigste; es war, als sei die Kopfkamera blind geworden vor lauter Jubel. So geht es mir oft« – Egon lächelte, als wisse er, daß es uns auch so ging – »ich spiele mir zuweilen alte Filme vor; aber meistens sehe ich eher eine Art Nebenhandlung in aller Deutlichkeit. Ja. Versteht mich recht« – er schien alles erklären zu wollen – »die Geschichten der dicken Frau rührten mich. Ich dachte, sie seien das Zeichen eines besonderen Leidens; sie brauche meinen Schutz; ich phantasierte in dieses gesunde Faß so etwas wie einen keimenden Tod hinein, als sei sie eine Mimi, deren kalte Hand ich wärmte. Ich ging noch immer jeden Tag zu ihr, sie ließ das auch zu, und wenn das Kind schlief – *so* mißtrauisch war es nun nicht mehr –, saßen wir nebeneinander auf der Matratze, den Rücken gegen die Wand gelehnt, und streichelten uns. Aber schlafen taten wir nicht mehr miteinander. Das Verbot des Kindes war unseres geworden. Gerade deshalb raste ich immer hitziger. Das Unerreichbare war mir täglich ganz nahe, es bebte vor meiner Nase, aber ich stellte keine Forderungen. Es war wie es war. Wir gingen ins Kino und küßten uns vor der Haustür, bevor wir zusammen nach oben gingen. Beim Duschen schlossen wir die Tür. Einmal nur, wir lagen auf der Matratze, sagte sie völlig plötzlich, ich halte das nicht mehr aus, und wir kümmerten uns nicht mehr um die offene Tür des Kindes, das, als wir wieder sehend geworden waren, schlief wie zuvor. Dann nie mehr. Aber meine Spannung nahm keinen Augenblick ab. Ich war ein Wahnsinniger.«

Ich dachte, vielleicht gehört es zu den Liebestechniken unsrer Heimatstadt, daß wir uns die Verbote selber aussprechen. Diese Stadt ist eine, wo jeder witzig ist; wenn einer ernst wird, bekommt er die gnadenlose Lebenslust aller andern zu spüren.

»An einem Abend«, fuhr Egon mit einer leisen Stimme fort, »klopfte es, und die Tür ging auf, und die kleine Schwester stand im Zimmer, ohne Gips, mit Schuhen an beiden Füßen und in Reisekleidern, die sie wie verkleidet aussehen ließen. Sie kreischte sofort laut und aufgeregt etwas, dem ich entnahm, daß die ganze arbeitslose Verwandtschaft mit Macheten und Spießen auf dem Weg sei, mich zu suchen, wegen meines Liebesbetrugs und meines Gelds. Keine Ahnung, wie sie herausgefunden hatte, wo ich war. Als ich sie nach der großen Schwester fragte, lächelte sie nur. Sie – sie meinte sich – liebe mich noch immer, aber ich hätte ja nun die da; sie zeigte auf die dicke Frau, die sprachlos am Fenster stand. Sowas soll einer verstehen. Vielleicht versuche ich es in meinem nächsten Leben doch mit Männern; in diesem kann ich nicht mehr umlernen.«

Diesen Gedanken hatte ich auch schon gehabt. Aber *alles* hat nicht Platz in einem einzigen Leben. Wie vielen Männern gefällt auch mir der Gedanke, daß Frauen bei Frauen liegen; aber wenn es mir an den Kragen geht, fliehe ich in lodernder Panik. Egon, sollte ich es mit Egon versuchen? Wir lächelten uns an, zwei Passagiere an Deck desselben Gedankens, und tranken statt dessen unsre Gläser aus. »Wir hätten«, sagte ich zu ihm, »sofort den prächtigsten Ehekrach. Ich würde deine Jacken nach Kinokarten durchsuchen und mit der erhobenen Pfanne hinter der Tür warten, bis du aus der Kneipe zurück bist.«

»Das Ende ist nahe«, sagte Egon, »ich meine, der Geschichte. Klarerweise hatten mich die Verwandten längst gefunden, sie tuschelten im Korridor draußen, und die kleine Schwester war der Parlamentär, den sie vorgeschickt hatten. Geld oder Leben. Kurz darauf war das ganze Zimmer voll, ein fürchterliches Durcheinander aus braunen Gesichtern, Schnurrbärten, Alkoholduft, Schweiß und Geschrei. Einer der Cousins saß einem andern huckepack auf dem Rücken, weil ihm vor Jahren eine Zuckerrohrschneidemaschine das Rückgrat zertrümmert hatte. Von da oben brüllte er irgendwelche Befehle und deutete dazu immer auf mich. Der Schwiegervater hatte mich mit beiden Händen am Kragen gepackt und schrie auf mich ein. Nach etwa einer halben Stunde ging die Tür wieder auf und eine Art Gorilla stand darunter; ihr Mann. Dann ging alles schnell. Der Gorilla packte den ersten Cousin am Kragen und am Hosenboden, den zweiten, den dritten, den Vater; auch der Gelähmte schüchterte ihn nicht ein; und bevor ich ihm helfen konnte, spürte auch ich seine Pratzen im Nacken und am Hintern und lag oben auf einem Verwandtschaftsknäuel am Fuß der Treppe, auf den, mir ins Kreuz, gleich noch die kleine Schwester geflogen kam, von der dicken Frau geworfen, die ich oben an der Treppe stehen sah, beide Arme um die gewaltige Brust ihres Beschützers geschlungen. Schimpfend und stöhnend knäuelten wir uns auseinander und gingen im Gänsemarsch aus dem Haus, in dessen erstem Stock gerade eine behaarte Hand die Vorhänge zuzog; nun hatte sie ja wieder, wonach sie sich sehnte. Wir gingen indessen alle in einen Kneipengarten und besprachen das Malheur. Viel Bier. Langsam wurden wir ruhiger und schließlich fast gutgelaunt. Wir erzählten uns Witze. Die Bäume, kleine Palmen in grünen Kübeln, rauschten in einem frischen Nachtwind. Ringsum ein furchtbarer Krach von Mofas von Jugendlichen, die sich zu irgendwelchen Morden verabredeten. Gegen Morgen hatte ich gerade noch genug Geld, um unsre Zeche zu bezahlen, gab den Männern die Hand und der kleinen Schwester einen Kuß und rannte, bevor die Messer der Verwandten aus den Gürteln kamen, in die Nacht hinaus, zu Fuß zum Flugplatz, der immerhin zehn Kilometer außerhalb der Stadt liegt.«

»Hier ist der nächste Flugplatz hinter dem Horizont«, sagte ich. »Bist du das auch alles zu Fuß gegangen?«

»Ja. Als ich ankam, war die dicke Frau schon da. Sie hatte an jenem Morgen Dienst am Check-in-Schalter. Also gab ich ihr meinen Flugschein, sie tippte meine Daten in den Computer, riß den Abschnitt heraus, gab mir die Einsteigkarte, lächelte mich an und sagte, sie wünsche mir einen guten Flug. Hasta la vista. Ich sagte auch Auf Wiedersehen und ging zum Zoll, wo ein strahlendweiß gekleideter Schwarzer mein Gepäck durchwühlte, als sei ich ein Drogenschmuggler. Durch eine Pendeltür sah ich, immer wenn jemand den Zollbereich betrat, die dicke Frau, wie sie ruhig dasaß, in einer weißen Bluse und einem dieser lächerlichen blauen Hütchen, mit denen man die Ground-Hostessen verkleidet.«

»Ist das wirklich wahr?« sagte ich, als Egon schwieg.

Der sah mich beinah verletzt an. »Bist du denn sicher, wer in den Himmel kommen wird, du oder die Lügner?«

Er stand auf, öffnete das Fenster und sah hinaus. Über dem Wald begann sich der Himmel zu röten. Eine frische Luft voller Tau füllte unsere Lungen; die Vögel lärmten jetzt, als sähen sie zum erstenmal das Wunder des beginnenden Tags; wir standen stumm da; wir hatten vergessen, wie schön ein Morgen ist.

»O.k.«, sagte Egon plötzlich und holte seinen Golfsack unter dem Tisch hervor. »Dann will ich mal.« Er stand auf, stellte den Stuhl sorgfältig hin, ging zu unsrer Freundin und umarmte sie; sie lächelte, küßte ihn und sah ihm in die Augen. Dann küßte er meine Frau, die, für den Hauch einer Sekunde, ihren Mund heftig in seinen wühlte; dann gaben sie sich die Hand. Der Versicherungsmann bekam einen männlichen Händedruck ab, den er herzlich erwiderte. Auch unser Freund, mit schräg geneigtem Kopf, streckte die Hand aus und wollte nicht geküßt werden. Ich wollte es vielleicht auch nicht, wurde es aber, allerdings mit einer Robustheit, die uns über den Schmerz des Abschieds hinweghelfen sollte. Dann standen wir vor dem Haus und sahen zu, wie Egon, noch immer gipsbestäubt, in die Wiesen hinausging – er hatte plötzlich wieder den Koffer in der Hand –, in eine gewaltige Sonne hinein, die eben aus dem Horizont aufstieg. Ein Wunder, daß keine Musik vom Himmel schmetterte. Lange sahen wir ihm nach, wie er ging und ging, schwarz nun und klein. Endlich war er nur noch ein Punkt. Wir standen noch da und winkten, als er schon verschwunden war, und sahen auf seine Spur im Tau. Fünf Bäcker nach der Frühschicht. Endlich machte einer eine Bewegung, wir gaben es auf, die Zeit anhalten zu wollen, und gingen zu Bett. Kuschelten uns aneinander. Während ich fast sofort aus dem Wachen ins Träumen hinüberglitt, fragte ich mich noch, wie er seine Schreibmaschine aus dem Schließfach geholt hatte; dann schlief ich, bis das Kind uns weckte. Es stand vor mir am Bett, ein zuckerbestäubter Zwerg mit großen runden Augen, und fragte mich, wo der Mann mit dem Schnauz und den Zähnen hin sei; als ich es ihm sagte, weinte es.

Ich möchte, glaube ich, nur noch anfügen, daß ich mich erinnere, daß Picasso mein Zeitgenosse war, vor noch nicht allzu vielen Jahren. Als die Sonne schien und die Seen blau waren. Seine Stiere waren meine, und ich zitterte über dem Strich, mit dem er den Rücken einer Frau zeichnete. Heute ist er ein Inka. Wäre ich ein Maler, jetzt auf der Stelle würde ich anfangen damit, Auberginen zu malen. Heitere Luft.

Wo sind die hin, die gelassen die Oberfläche der Dinge zeigen konnten. Woher haben sie diese Gnade genommen. Das Herz öffnete sich beim Anschauen, und der Atem wurde ruhig.

Ganz ohne ein eigenes Glück läßt sich nicht vom Glück sprechen. Es gibt welche, die schöpfen nicht aus einem Mangel, sondern aus dem Überfluß.

Da treibe ich nun also. Ein warmes Meer unter einem hohen Himmel. Hie und da eine Möwe über mir. In der Ferne Schiffe nach Bangkok oder

London. Nach dem Kap der Guten Hoffnung, das auch ich immer wieder zu umschiffen versuche, geschüttelt von jenen Stürmen, von denen mir die Bücher so oft berichtet hatten.

Urs Widmer
im Diogenes Verlag

»Urs Widmer zählt zu den bekanntesten und renommiertesten deutschsprachigen Gegenwartsautoren.«
Michael Bauer / Focus, München

*Vom Fenster meines
Hauses aus*
Prosa

Schweizer Geschichten

Liebesnacht
Eine Erzählung

*Der Kongreß der
Paläolepidopterologen*
Roman

*Das Paradies
des Vergessens*
Erzählung

Der blaue Siphon
Erzählung

Liebesbrief für Mary
Erzählung

*Die sechste Puppe im
Bauch der fünften Puppe
im Bauch der vierten*
und andere Überlegungen zur Literatur. Grazer Vorlesungen 1991

Im Kongo
Roman

Vor uns die Sintflut
Geschichten

Der Geliebte der Mutter
Roman
Auch als Diogenes Hörbuch erschienen, gelesen von Urs Widmer

*Das Geld, die Arbeit,
die Angst, das Glück.*

Das Buch des Vaters
Roman

Auch als Diogenes Hörbuch erschienen, gelesen von Urs Widmer

Ein Leben als Zwerg

*Vom Leben, vom Tod
und vom Übrigen auch
dies und das*
Frankfurter Poetikvorlesungen

Herr Adamson
Roman

Stille Post
Kleine Prosa

Gesammelte Erzählungen

*Reise an den Rand des
Universums*
Autobiographie

Außerdem erschienen:

Shakespeares Königsdramen
Nacherzählt und mit einem Vorwort von Urs Widmer. Mit Zeichnungen von Paul Flora

Valentin Lustigs Pilgerreise
Bericht eines Spaziergangs durch 33 seiner Gemälde. Mit Briefen des Malers an den Verfasser

*Das Schreiben ist das Ziel,
nicht das Buch*
Urs Widmer zum 70. Geburtstag. Herausgegeben von Daniel Keel und Winfried Stephan

*Die schönsten Geschichten
aus Tausendundeiner Nacht*
Erzählt von Urs Widmer. Mit vielen Bildern von Tatjana Hauptmann

Robert Walser
im Diogenes Verlag

Der Spaziergang

Ausgewählte Geschichten. Herausgegeben von
Daniel Keel. Mit einem Nachwort von Urs Widmer

»Robert Walser erfüllte bewusst die Erwartungen nicht, die man schon zu seiner Zeit an einen Schriftsteller stellte. Walser wollte nicht analog der Konsumartikelindustrie jährlich irgendwelche neue Hundertprozentigkeit ans Tageslicht gelangen lassen. Eine seiner Qualitäten ist gerade, dass er das nicht wollte.«
Urs Widmer

»Ganz ungewöhnlich zart sind diese Geschichten, das begreift jeder. Nicht jeder sieht, dass nicht die Nervenspannung des dekadenten, sondern die reine und rege Stimmung des genesenden Lebens in ihnen liegt.«
Walter Benjamin

»Dass das keine Spielerei sei, möchte ich eigentlich gar nicht behaupten, aber es ist jedenfalls – trotz der ungemeinen Wortbeherrschung, in die man sich vernarren könnte – keine schriftstellerische Spielerei, sondern eine menschliche, mit viel Weichheit, Träumerei, Freiheit und dem moralischen Reichtum eines jener scheinbar unnützen, trägen Tage, wo sich unsere festesten Überzeugungen in eine angenehme Gleichgültigkeit lockern.« *Robert Musil*

Maler, Poet und Dame

Aufsätze über Kunst und Künstler
Herausgegeben von Daniel Keel

Dieser Band vereinigt Walsers Aufsätze über Kunst und Künstler, seine Gedanken über Talente, Könner und Dilettanten und nicht zuletzt seine Studien über Balzac, Baudelaire, Beardsley, Brentano, Büchner,

Čechov, Cervantes, Cézanne, Dickens, Dostojewskij, Dumas, Eichendorff, Goethe, Gotthelf, Hauff, Hebel, Hölderlin, Jacobsen, Jean Paul, Keller, Kleist, Körner, Kotzebue, Lenau, Lenz, Thomas Mann, Maupassant, Meyer, Molière, Mozart, Poe, Raabe, Rimbaud, Rousseau, Scheffel, Schiller, Shakespeare, Stendhal, Stifter, Van Gogh, Verlaine, Watteau und viele andere mehr.

»Lesen ist ebenso nützlich wie reizend. Wenn ich lese, bin ich ein harmloser, stiller, netter Mensch und begehe keine Torheiten. Eifrige Leser sind sozusagen ein stillvergnügtes Völkchen. Wer liest, der ist weit davon entfernt, böse Pläne zu schmieden.«   *Robert Walser*

»Wenn solche Dichter wie der Walser zu den ›führenden Geistern‹ gehören würden, so gäbe es keinen Krieg. Wenn er hunderttausend Leser hätte, wäre die Welt besser. Sie ist, sei sie, wie sie wolle, gerechtfertigt dadurch, dass es Leute wie den Walser gibt.«
Hermann Hesse

»Seine Bücher werden ein eigentümlicher und wundervoller Spiegel des Lebens werden.«
Christian Morgenstern

»Man kann ihn nicht ernst genug nehmen.«
Neue Zürcher Zeitung

Außerdem erschienen:

Im Bureau
Kleine Prosa
Gelesen von Stefan Suske
1 CD, Spieldauer 72 Min.

Friedrich Dürrenmatt
Werkausgabe im Diogenes Verlag

Werkausgabe in 37 Bänden mit einem Registerband

Jeder Band enthält einen Nachweis zur Publikations- und gegebenenfalls Aufführungsgeschichte sowie zur Textgrundlage

● Das dramatische Werk

Es steht geschrieben/
Der Blinde
Frühe Stücke

Romulus der Große
Eine ungeschichtliche historische Komödie in vier Akten. Neufassung 1980

Die Ehe des
Herrn Mississippi
Eine Komödie in zwei Teilen (Neufassung 1980) und ein Drehbuch

Ein Engel kommt
nach Babylon
Eine fragmentarische Komödie in drei Akten. Neufassung 1980

Der Besuch der alten Dame
Eine tragische Komödie. Neufassung 1980

Frank der Fünfte
Komödie einer Privatbank. Neufassung 1980

Die Physiker
Eine Komödie in zwei Akten. Neufassung 1980

Herkules und der Stall
des Augias / Der Prozeß um
des Esels Schatten
Griechische Stücke. Neufassung 1980

Der Meteor / Dichter-
dämmerung
Zwei Nobelpreisträgerstücke. Neufassungen 1978 und 1980

Die Wiedertäufer
Eine Komödie in zwei Teilen. Urfassung

König Johann /
Titus Andronicus
Shakespeare-Umarbeitungen

Play Strindberg/
Porträt eines Planeten
Übungsstücke für Schauspieler

Urfaust / Woyzeck
Zwei Bearbeitungen

Der Mitmacher
Ein Komplex. Text der Komödie (Neufassung 1980), Dramaturgie, Erfahrungen, Berichte, Erzählungen. Mit Personen- und Werkregister

Die Frist
Eine Komödie. Neufassung 1980

Die Panne
Ein Hörspiel und eine Komödie

Nächtliches Gespräch mit
einem verachteten
Menschen / Stranitzky und
der Nationalheld / Das
Unternehmen der Wega
Hörspiele und Kabarett

Achterloo
Achterloo I/Rollenspiele (Charlotte Kerr: ›Protokoll einer fiktiven Inszenierung‹; Friedrich Dürrenmatt: ›Achterloo III‹) / Achterloo IV / Abschied vom Theater
Mit Personen- und Werkregister

● Das Prosawerk

Aus den Papieren
eines Wärters
Frühe Prosa

*Der Richter und sein
Henker / Der Verdacht*
Die zwei Kriminalromane um Kommissär Bärlach
Auch als Diogenes Hörbücher

*Der Hund / Der Tunnel /
Die Panne*
Erzählungen

*Grieche sucht Griechin /
Mister X macht Ferien /
Nachrichten über den
Stand des Zeitungswesens
in der Steinzeit*
Grotesken

Das Versprechen
Requiem auf den Kriminalroman /
*Aufenthalt in einer
kleinen Stadt*
Fragment
›Das Versprechen‹ auch als Diogenes
Hörbuch

*Der Sturz / Abu Chanifa
und Anan ben David /
Smithy / Das Sterben
der Pythia*
Erzählungen

Justiz
Roman

*Minotaurus / Der Auftrag
oder Vom Beobachten
des Beobachter der
Beobachter / Midas oder
Die schwarze Leinwand*
Prosa
›Der Auftrag‹ auch als Diogenes Hörbuch

Durcheinandertal
Roman

Labyrinth
Stoffe I–III: ›Der Winterkrieg in Tibet‹ /
›Mondfinsternis‹ / ›Der Rebell‹. Vom
Autor revidierte Neuausgabe. Mit Personen- und Werkregister
Auch als Diogenes Hörbuch

Turmbau
Stoffe IV–IX: ›Begegnungen‹ / ›Querfahrt‹ / ›Die Brücke‹ / ›Das Haus‹ / ›Vinter‹ / ›Das Hirn‹. Mit Personen- und Werkregister

Theater
Essays, Gedichte und Reden. Mit Personen- und Werkregister

Kritik
Kritiken und Zeichnungen. Mit Personen- und Werkregister

Literatur und Kunst
Essays, Gedichte und Reden. Mit Personen- und Werkregister

*Philosophie und
Naturwissenschaft*
Essays, Gedichte und Reden. Mit Personen- und Werkregister

Politik
Essays, Gedichte und Reden. Mit Personen- und Werkregister

Zusammenhänge
Essay über Israel. Eine Konzeption /
Nachgedanken
unter anderem über Freiheit, Gleichheit und Brüderlichkeit in Judentum, Christentum, Islam und Marxismus und über zwei alte Mythen. 1980
Mit Personen- und Werkregister

*Versuche /
Kants Hoffnung*
Essays und Reden. Mit Personen- und Werkregister

Gedankenfuge
Essays. Mit Personen- und Werkregister /
Der Pensionierte
Fragment eines Kriminalromans (Text der Fassung letzter Hand)

*Registerband
zur Werkausgabe*
Chronik zu Leben und Werk. Bibliographie der Primärliteratur. Gesamtinhaltsverzeichnis.   Alphabetisches
Gesamtwerkregister. Personen- und
Werkregister aller 37 Bände

Hugo Loetscher
im Diogenes Verlag

Hugo Loetscher wurde 1929 in Zürich geboren. Er war seit 1969 als freier Schriftsteller und Publizist tätig und bereiste regelmäßig Lateinamerika, Südostasien und die USA. Hugo Loetscher war Gastdozent an verschiedenen internationalen Universitäten und Mitglied der Darmstädter Akademie für Sprache und Dichtung. 1992 wurde er mit dem Großen Schiller-Preis der Schweizerischen Schillerstiftung ausgezeichnet. Er starb 2009 in Zürich.

Wunderwelt
Eine brasilianische Begegnung

*Herbst in der
Großen Orange*

*Der Waschküchenschlüssel
oder Was – wenn Gott
Schweizer wäre*
Geschichten
Auch als Diogenes Hörbuch erschienen, gelesen von Emil Steinberger

Der Immune
Roman

Die Papiere des Immunen
Roman

Die Fliege und die Suppe
und 33 andere Tiere in 33 anderen Situationen. Fabeln

Die Kranzflechterin
Roman

Abwässser
Ein Gutachten

Der predigende Hahn
Das literarisch-moralische Nutztier. Mit Abbildungen, einem Nachwort, einem Register der Autoren und Tiere sowie einem Quellenverzeichnis

Die Augen des Mandarin
Roman

Vom Erzählen erzählen
Poetikvorlesungen. Mit Einführungen von Wolfgang Frühwald und Gonçalo Vilas-Boas

Der Buckel
Geschichten

Lesen statt klettern
Aufsätze zur literarischen Schweiz

Es war einmal die Welt
Gedichte

War meine Zeit meine Zeit

Außerdem erschienen:

In alle Richtungen gehen
Reden und Aufsätze über Hugo Loetscher. Herausgegeben von Jeroen Dewulf und Rosmarie Zeller

Alice Vollenweider &
Hugo Loetscher
Kulinaritäten
Ein Briefwechsel über die Kunst und die Kultur der Küche